Wendepunkte

Für Marina

Katrin Bischof

Wendepunkte

Bibliografische Information der Deutschen Nationalbibliothek

Die Deutsche Nationalbibliothek verzeichnet diese Publikation in der
Deutschen Nationalbibliografie; detaillierte bibliografische Daten sind im
Internet über http://dnb.dnb.de abrufbar.

© 2016 Katrin Bischof
Herstellung und Verlag:
BoD – Books on Demand
ISBN 978-3-8423-5524-8

Das Leben ist einfach geil

»Das Leben ist einfach geil«, stellt Ilona fest. »Findest du nicht auch?«

Ilona hat mich zum Essen beim Italiener eingeladen, aus Anlass meiner bestandenen Probezeit. Es ist ein lauer Maiabend, und wir haben uns nach draußen an den Tisch unter der breitgefächerten Topfpalme gesetzt. Eben gerade hat sie mir angeboten, ab jetzt Ilona und du zu ihr zu sagen.

Da sitzt sie, schmal, man sieht ihr die frühere Leichtathletin noch an, mit erdbeerblondem Haar, milchig-makelloser Haut und einigen wenigen, neckisch dahingetupften Sommersprossen auf dem spitzen, feinen Näschen. Sie lehnt sich mit genüsslichem Seufzen zurück und legt die Hand auf ihren Babybauch, der sich unter der silbergrauen, weich fließenden Bluse mit den Glockenärmeln und dem gerade eben nicht zu tiefen V-Ausschnitt dezent wölbt. Sie ist eine elegante Schwangere, selbst im siebten Monat noch.

Das Leben ist also einfach geil. Die Selbstverständlichkeit, mit der sie diese fünf Worte dahinwirft, stürzt mich in eine kleine Betretenheitskrise. So etwas hätte ich nicht einmal als Siebzehnjährige gesagt, geschweige denn gedacht, als ich noch gar keine Ahnung davon hatte, wie sich Enttäuschung eigentlich anfühlt.

»Es hat so seine Momente ... in denen man zumindest das Gefühl hat, dass alles so, wie es ist, schon irgendwie seine Richtigkeit hat«, sage ich zögernd und knete an meiner Papierserviette herum. Gerade jetzt kommt mir das erbärmlich wenig vor. Geil ist was anderes.

»Ach komm.« Ilona prustet belustigt. »Mehr erwartest du nicht?«

»Wer so viel Glück hat wie du, hat gut reden«, wende ich ein.

Bei Ilona scheint alles so einschüchternd perfekt. Sie ist erfolgreich als selbständige Grafikdesignerin, sie hat vor acht Jahren ihren Traummann kennengelernt - schon bei der ersten Begegnung wusste sie, dass er der Richtige war -, und nun ist das Wunschkind unterwegs, das gleich im ersten Anlauf per künstlicher Befruchtung gezeugt wurde. Dass es makellos sein wird, steht außer Zweifel. Ilona hat selbstverständlich alle Untersuchungen machen lassen, die bei Erstgebärenden über fünfunddreißig angeraten werden; sie nimmt nur noch Biokost zu sich und ruht regelmäßig; sie macht die empfohlene Gymnastik; sie liest alle Fachbücher, derer sie habhaft werden kann. Bisher verläuft die Schwangerschaft prächtig.

Und außerdem ist Ilona dazu auch noch die einzige gutaussehende Rothaarige, die ich kenne.

»Das hat nichts mit Glück zu tun.« Sie lächelt triumphierend. »Das ist eine Einstellungssache. Man bekommt das, womit man sich zufrieden gibt.«

»Also, ich wäre schon sehr zufrieden, wenn ich ein Kind hätte.« Ich versuche, scherzhaft zu klingen. »Aber das allein reicht offensichtlich nicht, damit sich eines einstellt.«

»Ach, hast ja noch Zeit«, sagt sie und pickt sich den letzten Champignon von der Antipasti-Platte. »Bevor ich sechsunddreißig war, hatte ich überhaupt keinen Bock auf Kinder.«

Martin und sie, erzählt sie, hätten nie zu denjenigen gehört, die nur deswegen ein Kind bekommen, weil man das nun mal so macht. Sie hätten sich rundum komplett gefühlt, auch zu zweit, nicht defizitär. Aber dann habe sie sich irgendwann gedacht, dass ein Kind das sei, was in ihrem erfüllten Leben noch fehlte, nach der beruflichen Selbstverwirklichung und der großen Liebe und all den Reisen nach Australien und Vietnam und Südafrika. Als Tüpfelchen auf dem i sozusagen. Das große, ultimative Abenteuer.

Mein Leben ist ebenfalls erfüllt, allerdings vor allem von dem Bewusstsein, dass es genau so, wie es ist, gerade nicht weitergehen darf, jedenfalls nicht mehr allzu lange. Ich bin nur drei Jahre jünger als Ilona, aber alles, was bei ihr perfekt ist, ist bei mir prekär. Ich bin Berufsanfängerin mit sehr wackligem Status, bisher nichts weiter als eine Schwangerschaftsvertretung mit Halbtagsstelle und auf ein Jahr befristetem Vertrag. Ein fester Partner ist ebenfalls Fehlanzeige, alles, was ich vorzuweisen habe, ist ein On-Off-Lover, mit dem mich (da mache ich mir nichts vor) in erster Linie körperliche Anziehung verbindet. Bock auf ein Kind habe ich auch. Aber der Materialisierung dieses Wunsches bin ich, seit ich ihn verspüre, noch keinen Schritt näher gekommen. Das ist der wundeste Punkt von allen.

Während ich noch grübele, hat Ilona offenbar noch etwas gesagt, dass ich nicht mitbekommen habe.

»Eigentlich habe ich Kinder früher nicht ausstehen können«, fährt sie gerade fort. »Ich finde, Kinder sind wie Hunde: Die meisten sind ganz schrecklich, aber es gibt ein paar, die total niedlich sind.«

Ich frage sie, warum sie so sicher sei, dass ihr eigenes Kind zu den niedlichen gehören würde.

»Na ja …« Sie kichert ein bisschen; das macht sie auch manchmal, wenn sie mit Kunden am Telefon spricht und ihnen erklärt, warum sie ihnen zusätzlichen Aufwand in Rechnung stellen muss. »Ich meine, immerhin ist das eigene Kind doch ein Teil von einem selbst, und sich selbst findet man ja gut. Und den Mann hat man sich schließlich ausgesucht, also findet man den ja wohl auch irgendwie gut, darum denke ich, dass man das eigene Kind schon mögen wird.«

Nicht einmal ihre Selbstzufriedenheit kann ich Ilona vorwerfen. Wenn ich ihr Leben hätte, würde ich sicher auch so reden. Der Erfolg gibt ihr Recht.

»Ich bin jedenfalls total froh, dich gefunden zu haben«, sagt Ilona in diesem Moment und legt mir die Hand auf den Arm. »Wie ist es denn, hast du dich schon nach einer Wohnung umgeschaut?«

Das ist die Gelegenheit. Ich fasse mir ein Herz.

»Ich habe eine Wohnung gefunden«, sage ich. »Nächste Woche erfahre ich, ob ich sie bekomme. Allerdings …« Ich stocke.

»Ja?«, macht sie aufmunternd.

»Der Vermieter sähe es gerne, wenn ich einen unbefristeten Arbeitsvertrag vorlegen könnte.«

Ilona zuckt zurück, als hätte ich ein unfeines Wort in den Mund genommen. »Nein, also darauf kann ich mich jetzt nicht festlegen. Für mich ist es schon ein großer Schritt, dass ich überhaupt jemanden einstelle.«

»Okay«, sage ich. »Dann müssen eben meine Eltern für mich bürgen.«

Sie sieht mich entschuldigend an. »Mehr als ein befristeter Vertrag geht wirklich nicht. Du könntest ja schwer krank werden, oder schwanger. Das kann ich mir mit meinem Ein-Frau-Unternehmen nicht leisten. Ich bin sicher, du verstehst das.«

»Und, wie ist sie denn so als Chefin?«, fragt Marion mich zwei Tage später bei unserer Kaffeepause.

»Ganz okay.« Ich nicke. »Sie bemüht sich, immer nett zu sein.«

Was ich sage, stimmt. Ilona gibt sich wirklich Mühe. Bisher hat sie nur zweimal einen Aussetzer gehabt. Das eine Mal war, als ich aus Versehen die falsche Version eines Angebots abgespeichert habe, das dann an den Kunden rausging. Das zweite Mal hat sie mir lang und breit vorgerechnet, wie viel ich sie koste.

»Wird es dir nicht langsam zu anstrengend, weiter hier zu arbeiten?«, will Marion wissen.

»Natürlich.« Ich zucke die Schultern. Es ist mir längst zu anstrengend, und satt habe ich es auch, immer noch jeden Samstag- und Sonntagvormittag zum Putzen im städtischen Krankenhaus antanzen zu müssen, aber ohne den Job komme ich mit meiner halben Stelle bei Ilona kaum über die Runden. »Ich sag dir auf jeden Fall Bescheid, wenn ich Stunden abgebe oder kündige.«

Marion nickt und vertieft sich wieder in die Werbebeilage der Wochenzeitung. Ihre Schwester hat zwei kleine Kinder und ist Witwe. Ihr Mann hat sich letztes Jahr aufgehängt. Er war seit drei Jahren arbeitslos gewesen und trank zunehmend. Marions Schwester hatte ihn vor die Wahl gestellt: Therapie oder Scheidung, und da hat er den Ausweg gewählt, der ihm, im Vergleich zu den beiden anderen Optionen, wohl noch am wenigsten Angst machte. Marion hat ihrer Schwester den Job im Krankenhaus zugeschustert, aber ihr Vertrag ist befristet und muss alle halbe Jahre verlängert werden. Nun hofft Marion, dass, wenn ich gehe, ihre Schwester meine Stelle übernehmen kann. Ich war die letzte, die damals noch einen unbefristeten Vertrag gekriegt hat.

»Manchmal denke ich, warum bin ich eigentlich nicht im Reisebüro geblieben«, sinniere ich. »Jetzt hab ich ein Diplom und gehe immer noch putzen. Ich meine, als ich noch Studentin war, fand ich das ja völlig okay… Aber jetzt wäre es schön, wenn ich nach vier Jahren Studium keinen Nebenjob mehr bräuchte, um mir eine eigene Wohnung leisten zu können.«

Marion lässt die Zeitung sinken. »Du kriegst die Wohnung also?«

Ich nicke. Dank der Bürgschaft meiner Eltern kriege ich sie.

»Und, wie ist sie?«

»Klein. Sehr klein. Aber bei meinen Eltern, das ging nicht mehr.«

Sie nickt bedächtig. »Das ist auch nichts, in deinem Alter wieder bei den Eltern zu wohnen, was.«

Bei Marion sage ich immer mehr, als ich eigentlich vorhatte.

»In meinem Alter kommt man sich gescheitert vor«, gestehe ich, »wenn man wieder ins elterliche Nest zurückgekrochen kommt. Obwohl man eigentlich längst sein eigenes haben sollte.«

Ich denke daran, dass ich es mit neunzehn kaum noch abwarten konnte, die Flügel auszubreiten und davonzufliegen. Auch meine Eltern waren sehr froh darüber, dass ich keine Anstalten machte, zum Nesthocker zu werden. Ich hatte hochfliegende Pläne, auch wenn ich heute, fünfzehn Jahre später, nicht mehr genau weiß, welche das waren. Sicher wollte ich die Welt verbessern und vor allem alles anders machen als meine Eltern. Ja, das auf jeden Fall. Damals, glaube ich, redete ich immerzu davon, dass ich nicht heiraten und keine Kinder wollte, sondern bloß einen Liebhaber, der einmal im Monat vorbeikam und mich ansonsten in Ruhe ließ. Mir wird schmerzlich bewusst, wie sehr mein heutiges Leben meinen damaligen Vorstellungen inzwischen ähnelt. Vielleicht hat Ilona Recht; vielleicht muss ich mich mental umprogrammieren.

»Sie gibt dir bestimmt bald eine volle Stelle«, sagt Marion tröstend. »Wenn das Baby erstmal da ist. Wirst schon sehen. Die wird schon noch merken, dass sie ohne dich gar nicht mehr kann.«

Zurzeit suchen Ilona und Martin nach einem Namen für das Kind. Es wird ein Mädchen werden. Natürlich soll es nicht irgendeinen Namen bekommen. Zeitlos muss er sein, wohlklingend, und vor allem stilvoll.

Stilvoll muss überhaupt alles sein. Als ich erzähle, dass ich nun eine Wohnung hätte, in der Südstadt, rümpft Martin die Nase.

»Kann man denn da überhaupt wohnen?« Es ist keine wirkliche Frage; dazu dieses affektierte, kleine Kopfschütteln, das ich an ihm nicht mag. »Das hat doch keine Klasse.«

Ich hätte beinahe gesagt, dass ich mit einer Halbtagsstelle nun mal keine größeren Sprünge machen kann, aber ich habe keine Lust auf das, was spitze Bemerkungen wie diese nach sich ziehen.

Mit Martin bin ich sowieso lieber auf der Hut. Ich traue ihm nicht. Nicht, dass er unfreundlich ist, ganz im Gegenteil. Aber seine Freundlichkeit wirkt nicht herzlich, sondern lauernd. Wenn er Fragen stellt, dann aus Neugier, nicht aus Anteilnahme. Manchmal wartet er das Ende meiner Antwort nicht ab. Er fängt an, zerstreut auf seinem Stuhl herumzurutschen, und seine Augen wandern schon wieder ruhelos weiter, an mir vorbei. Außerdem behält er mich immer im Blick, wenn Ilona sich nachmittags für eine Stunde hinlegt und ich allein mit ihm bleibe. Ein paar Mal schon hat er so Bemerkungen gemacht, die darauf hindeuteten, dass er sich Sorgen macht, ob ich auch nicht zu wenig arbeite. Natürlich sollten sie spaßig klingen; aber bei solchen Sachen reagiere ich leicht überempfindlich.

Was mich nervt, ist, dass er bei jeder Gelegenheit heraushängen lassen muss, was für ein anteilnehmender, sorgender Ehemann und werdender Erstvater er ist. Vielleicht macht er das, weil er fünfundzwanzig Jahre älter als Ilona ist (das einzige, was sie an ihm nicht toll findet, wie Ilona mir gegenüber einmal erwähnt hat) und zeigen will, dass er im Unterschied zu den Männern seiner Generation kein Problem damit hat, Gefühle zu zeigen. Vielleicht bin ich auch nur neidisch, kann sein. Aber muss er denn wirklich zu Ilona hingehen, wenn sie sich über den Schreibtisch beugt, um demonstrativ von hinten ihren Bauch zu umarmen und sie in den Nacken zu küssen, während ich dabei bin. Schließlich hocken die beiden den ganzen Tag zusammen in diesem Zimmer, nur ein paar Schritte voneinander entfernt an ihrem jeweiligen Schreibtisch, da brauchen sie doch nun nicht gerade turteln, wenn ich zugucken muss.

Ich beschließe, Martins Anwurf mit einem Schulterzucken zu erwidern.

»Man ist schnell im Grünen, raus aus der Stadt«, sage ich. »Und es gibt einen schönen Park mit See ganz in der Nähe.«

Martin sagt, dass er eigentlich nur die Bahnhofsgegend kenne, die scheußlich sei.

»Fast alle kennen nur die Bahnhofsgegend«, sage ich.

»Aber ist es da nicht wirklich total schlimm?«, fragt Ilona, die gerade dazukommt.

»Hoher Ausländeranteil, vor allem Türken, ganze Straßenzüge mit Arbeitslosigkeit weit über dem Durchschnitt, sozial abgehängt«, schüttelt Martin die Fakten aus dem Ärmel. An diesem Stadtteil zeige sich die bis heute andauernde Integrationsunfähigkeit und politisch gewollte Undurchlässigkeit der konservativen deutschen Gesellschaft in ihrem vollen Ausmaß. In ein Ghetto seien die Menschen gezwungen worden, aus dem heraus kaum jemand wieder herauskomme. Da würden Potentiale vernichtet, Lebensläufe vorausbestimmt und Schicksale besiegelt.

Martin ist Journalist und schreibt Artikel für eine linke überregionale Wochenzeitung, Kommentare, genauer gesagt, deren Überschriften einen gleich auf der ersten Seite anspringen. Er ist ein Meinungsäußerer, und die Meinung, die er äußert, ist die der liberalen, Grün wählenden, besser verdienenden und akademisch gebildeten Menschen, die eigentlich zum Establishment gehören, aber sich das nicht so recht eingestehen wollen. Ilona und er wohnen natürlich im »richtigen« Teil der Stadt, dort, wo sich eben diese Menschen zusammenpulken, als würde ein Magnet sie dorthin ziehen. Die Atmosphäre hier ist so ein bisschen flippig-alternativ. Nicht schnöselig, nein, nein; wer das will, zieht woanders hin (auch das hat diese Stadt zu bieten); aber doch beruhigend bürgerlich. Eben das Gewissen beruhigender Nonkonformismus light.

Die Südstadt dagegen geht gar nicht. Multikulti außerhalb der Mittelschichtskomfortzone ist nicht hip, sondern schlicht assig.

Ilona muss jetzt noch einmal los, sich eine weitere Krippe ansehen. Die Dichte der Kinderbetreuungseinrichtungen in diesem Viertel ist hoch, aber sie unterscheiden sich von Qualität und Anspruch her erheblich. Und die Wartelisten sind lang. Also geht sie jetzt schon einmal sondieren. Am liebsten wäre ihr ein Platz in der Krippe, in der die Kinder von Anfang an durch muttersprachlich spanische Erzieherinnen betreut werden. Für die müsste man natürlich noch mal zweihundert Euro drauflegen, aber das sei es ihr wert.

»Sieh mal, das ist ein Vorteil«, sage ich. »Wenn ich ein Kind hätte, würde es in der Südstadt gleich Türkisch lernen. Ohne dass ich deswegen zweihundert Euro im Monat extra drauflegen müsste.«

Beide gucken sekundenlang irritiert. Dann beschließen sie, doch besser zu lachen.

Mir wird in diesem Moment klar, dass es mir überhaupt nichts ausgemacht hat, ins sozial abgehängte Ghetto zu ziehen. Und ich es möglicherweise auch dann getan hätte, wenn ich mir etwas Stilvolles hätte leisten können.

»Übrigens«, sagt Ilona noch, bevor sie geht, »ich habe da noch ein paar Möbel, die wir nicht mehr brauchen. Vier Stühle, einen Glastisch, einen Garderobenständer und ein Sofa. Alles gut in Schuss. Wenn du was davon gebrauchen kannst … Schenk ich dir gerne. Zum Einzug in die neue Wohnung.« Sie lächelt strahlend. Ich mag die treuherzigen Fältchen, die sich dabei um ihre Augen legen.

Eine Gehaltserhöhung ist zwar nicht in Sicht. Aber immerhin habe ich eine Chefin, der es sehr wichtig ist, dass sie trotzdem von mir gemocht wird.

Marion behält Recht. Zur Geburt des Babys, das übrigens den Namen Lisa Moana erhalten hat, bekomme ich die volle Stelle. Ilona hat zu viel Angst, dass ich gerade jetzt gehe.

Außerdem kriege ich ein Büro ganz für mich allein, in einem Gebäude ein paar Häuser weiter. Ilona hat den Raum günstig von einem Bekannten gemietet. Sie meint, dass ich dort ungestörter arbeiten könnte, jetzt wo Lisa Moana ihren Alltag so durcheinander wirbelt. Dreimal in der Woche gehe ich zu Ilona rüber und esse mit ihr Mittag, sie kocht dann für mich mit. Das hat sie so haben wollen, damit wir uns besprechen können und ich mich nicht abgeschoben fühle.

Ich fühle mich trotzdem abgeschoben. Außer ihr und Martin sehe ich während der langen Arbeitstage keinen Menschen mehr. Kollegen sind nicht immer nett. Aber immerhin sorgen sie dafür, dass man nicht ständig im eigenen Saft schmort und sich für bedauernswert hält.

Anfang Oktober treffe ich Ilona alleine an, als ich mittags zu ihr komme. Sie sitzt auf ihrem weißen Sofa neben dem Schreibtisch und stillt Lisa Moana, als ich die Tür aufschließe. Klingeln soll ich nicht, das Baby könnte ja schlafen, darum hat sie mir einen Schlüssel gegeben.

Lisa Moana liegt wie ein schlaffer Wurm auf dem Stillkissen, das über Ilonas Schoß drapiert ist. Sie ist eingeschlafen; eine Hand liegt noch immer besitzergreifend auf Ilonas Busen. Ilona versucht, sie vorsichtig abzuschütteln, ohne dass sie wach wird. Sie maunzt, als sie in ihrer Babyschale abgelegt wird, die auf Ilonas Schreibtisch neben ihrem Computer steht. Aber sie schläft weiter. Lisa Moana ist ein hübsches Baby, eines der ganz wenigen, die mich nicht an grotesk gestopfte Würste oder Reptilien der weniger knuddeligen Sorte erinnern, sehr klein und zart mit klar definierten Gesichtszügen. Außerdem hat sie fröhlich-knallblaue Augen und einen gleichmäßig runden, hellblond beflaumten Kopf. Schon sehr niedlich.

Ilona seufzt, schiebt ihren Still-BH zurecht und fragt, ob ich eine Tasse Tee möchte. Sie greift nach einer Zweihundertgrammtafel Vollmilch-Mandel-Schokolade, bricht sich eine Rippe ab und schlägt die Zähne hinein.

»Das Stillen«, sagt sie kauend, »das zehrt vielleicht. So eine Tafel Schokolade haue ich am Tag mühelos weg. Du auch ein Stück?«

Martin sei heute Morgen weggefahren, erzählt sie weiter, auf einen Kongress, und komme erst Sonntagabend wieder. »Ich hoffe, dass ich das schaffe, so ganz alleine«, fügt sie kleinlaut hinzu.

Ich frage mich, ob meine allzeit vor Siegesgewissheit strotzende Chefin jetzt tatsächlich von mir hören will, dass sie es schon schaffen werde, ihr eigenes Kind drei Tage lang allein zu betreuen. Mir scheint, dass man darum nicht so viel Aufhebens machen muss. Aber ich will lieber nicht das große Wort schwingen, denn mit Kindern habe ich ja nun mal keinerlei persönliche Erfahrung.

»Wie läuft es denn mit deinem Freund?«, fragt Ilona. Sie meint den On-Off-Lover, wie mir nach einigen Sekunden dämmert. Ich sehe mich veranlasst, den Status unserer Beziehung richtig zu stellen.

»Wer weiß«, meint sie, »vielleicht kriegt der irgendwann ja doch noch mal Lust auf Familie.«

So ein Kind sei schon toll, fährt sie fort. Das Beste, was sie je gemacht habe. Auch wenn es irre anstrengend sei. Martin und sie hätten vor, nächstes Jahr, bevor sie vierzig werde, noch ein Geschwisterchen für Lisa Moana zu bekommen. Übrigens liege es an Martin, dass es nicht auf natürlichem Wege klappe, vertraut sie mir an. Weil der sich vor dreißig Jahren habe sterilisieren lassen. Voreiligerweise, weil er Kinder damals uncool gefunden habe. Sie schnaubt ein wenig ärgerlich.

»Und deswegen muss ich jetzt all die Hormone nehmen, das ist nicht ohne, kann ich dir sagen. Ganz abgesehen davon, dass wir den ganzen Spaß auch noch selbst bezahlen dürfen.«

»Warum keine Adoption?«, frage ich.

Ilona schüttelt den Kopf. »Das haben wir ausgeschlossen. Genauso wie eine Behinderung. Das Risiko muss kalkulierbar bleiben.«

Bevor ich gehe, eröffnet Ilona mir noch, dass sie am Montag eine Fotografin bestellt habe, die Bilder von uns beiden machen solle, für die Website. Sie habe sich überlegt, dafür eine hellblaue Bluse anzuziehen. Ob ich einverstanden sei, in derselben Bluse fotografiert zu werden.

»Hellblau?« Ich schaue unglücklich. Wenn es eine Farbe gibt, die mir so gar nicht steht, ist es Hellblau.

»Gut, such dir selbst etwas aus«, sagt Ilona schnell. »Aber eine Bluse sollte es schon sein. Und kein Weiß oder Schwarz. Okay?«

An meinem Geburtstag Ende April finde ich auf meinem Schreibtisch einen Janosch-Geburtstagsteller, darum herum bunte Papierschlangen, darauf ein Stück selbstgebackener Rosinenkuchen, in dem eine Kerze steckt. Neben der Computertastatur liegt ein Umschlag. Darin sind ein Gutschein über zwanzig Euro von der Cocktailbar »Havanna« und ein unbefristeter Arbeitsvertrag, gültig ab dem ersten Mai, der nur noch auf meine Unterschrift wartet.

Ilonas Stimme am Telefon ist honigweich vor Genugtuung.

»Und, was sagst du?«, fragt sie begierig.

Über ein Jahr sei ich nun schon bei ihr, erklärt sie, nachdem ich danke gesagt habe, und sie wolle mir mit dem unbefristeten Vertrag ihr Vertrauen aussprechen. Mittlerweile sei ich eine vollwertige Mitarbeiterin. Darum habe sie auch noch ein Extra-Leckerli für mich: eine Gewinnbeteiligung von zwei Prozent. Das stehe selbstverständlich auch im Vertrag, falls ich es noch nicht gelesen hätte.

Ich schäme mich ein bisschen. Wenn sie wüsste, dass ich im letzten halben Jahr nach anderen Stellen Ausschau gehalten habe und sogar zwei Vorstellungsgespräche hatte.

»Und, feierst du heute Abend mit deinem Freund?«, fragt Ilona.

»Ich weiß nicht«, sage ich. »Vielleicht gehen wir ja einen Cocktail trinken.«

»Na dann, viel Spaß«, sagt Ilona.

Vier Monate später bin ich schwanger. Vom On-Off-Lover. Unerwartet, unbeabsichtigt, unverhofft. Auch wenn es für Ilona natürlich anders aussehen muss.

Ich sage es ihr, als sie aus ihrem Urlaub in Spanien zurückkommt. Einen Augenblick lang verliert sie sichtbar die Fassung, ganz und gar. Das Näschen zittert vor ungläubiger Wut.

»Was hast du dir dabei gedacht«, ruft sie, und ihre Stimme schraubt sich gleich eine ganze Oktave höher. »Du wusstest doch, dass Martin und ich es diesen Herbst noch einmal probieren wollten! Das kann ich jetzt fürs Erste voll vergessen!«

Ich stehe mit unglücklich hängenden Armen da und bringe sinnlose Rechtfertigungen vor. Es sei ein Unfall gewesen und ich selbst ganz perplex. Und im Übrigen, stammele ich dann auch noch, sei ich noch nicht einmal sicher, ob ich das Kind überhaupt haben wolle.

Ilona hat sich wieder so weit im Griff, dass sie nach diesem Strohhalm nicht greift.

»Wir kriegen das hin«, sagt sie mit entschlossen gerecktem Kinn. »Irgendwie.«

Ihre erste Idee dazu, wie dieses »Irgendwie« aussehen könnte, ist ein Auflösungsvertrag. Ich soll kündigen. Schließlich könne ich mich ja selbständig machen, das hätte ich doch ohnehin vorgehabt, und darauf laufe es in unserem Job ja sowieso hinaus, früher oder später.

»Jetzt?« Mehr muss ich nicht sagen. An diesem einen, vorwurfsvollen Wort zerknickt ihr hoffnungsvoller Vorstoß wie eine Papierschwalbe an einem Betonpfeiler.

»Warum nicht jetzt?« Sie sieht aus, als würde sie am liebsten mit dem Fuß aufstampfen. »Du kriegst doch sogar Arbeitslosengeld!«

»Nicht, wenn ich selbst kündige.« Ich bedaure wirklich, ihr nicht entgegenkommen zu kommen; ich würde es so gern. »Tut mir leid.«

Zwei Wochen später eröffnet sie mir, dass sie einen Antrag gestellt habe, mich außerordentlich kündigen zu dürfen. Unter bestimmten Umständen sei das möglich. »Zum Beispiel, wenn mir durch deine Schwangerschaft der finanzielle Ruin droht«, setzt sie zuversichtlich hinzu.

Ich quittiere diese Mitteilung mit einem unbeteiligten, höflichen Nicken. Überhaupt ist die Atmosphäre zwischen uns schon absurd freundlich. Ich komme weiterhin zum Mittagessen, und Martin und Ilona benehmen sich sehr wohlerzogen. Sie erkundigen sich danach, wie es dem Baby und mir gehe und ob der On-Off-Lover und ich uns auch freuten. Ilona redet außerdem oft davon, wie es sein wird, wenn ich erst einmal selbständig bin, gibt mir viele gute Ratschläge und versichert, dass alles prima gehen werde; ich erfüllte nicht nur alle Voraussetzungen, sondern könne natürlich auch auf jede Menge Aufträge von ihrer Seite rechnen. Da könne überhaupt nichts schief gehen.

Das Schreiben der zuständigen Behörde erhalten wir beide am selben Tag. Ein drohender finanzieller Ruin habe nicht festgestellt werden können, heißt es darin. Eine außerordentliche Kündigung komme somit nicht in Frage.

Mit einem flauen Gefühl im Magen betrete ich am nächsten Morgen mein Büro. Mein Computer läuft schon; sie muss vor mir da gewesen und ihn eingeschaltet haben. Auf dem Bildschirm ist ihre Website geöffnet. Ihr Foto lächelt mich an. Da, wo das Foto von mir (in der wunschgemäß angezogenen Bluse) bis gestern noch war, klebt jetzt ein rosa Haftnotizzettel. Ich solle den Schlüssel zu ihrer Wohnung in den Briefkasten werfen, bis heute Abend. Aller weiterer Kontakt werde ab sofort nur noch per E-Mail erfolgen.

Ich sage mir, dass ich darüber stehen sollte. Dass diese kindische Rachsucht doch nur ihre Hilflosigkeit zeigt. Dass sie um sich schlägt wie ein verwundetes Tier. Was man dann halt so sagt, um eine Kränkung wegzubalsamieren. Aber es funktioniert nicht. Es schmerzt trotzdem, dass sie mich zu ihrer Feindin erklärt hat. Ich will nicht gegen sie kämpfen. Ich will, dass sie das Richtige von mir denkt.

Meine Frauenärztin, bei der auch Ilona Patientin ist, legt mir nahe, mich krankschreiben zu lassen. In meinem Fall sei eine Indikation zweifelsfrei gegeben; Stress infolge der hohen psychischen Belastung. Ich müsse an das Baby denken. Aber ich lehne ab.

Sie schüttelt bekümmert den Kopf. »Ihre Loyalität in Ehren«, sagt sie seufzend, »aber sind Sie sicher, dass Ihre Arbeitgeberin diese Loyalität auch verdient?«

Ich zucke die Schultern. »Das hat nichts mit Loyalität zu tun«, sage ich.

Sie schaut mich mit verständnislos hochgezogenen Augenbrauen an. »Womit dann?«, fragt sie.

An einem Donnerstag kurz vor Weihnachten ruft Ilona bei mir im Büro an, das erste Mal, seit sie mich verstoßen hat. Es ist früher Nachmittag.

»Ich weiß, du solltest eigentlich gleich frei haben«, sagt sie. Ihre Stimme klingt widerwillig und angespannt. »Aber ich habe in einer halben Stunde einen Arzttermin mit Lisa Moana. Ein Notfall. Sie hat seit gestern Abend schon hohes Fieber.«

Es wäre kein Drama, zu bleiben, aber die Art und Weise, wie sie damit ankommt, passt mir nicht. Ich frage, was denn mit Martin sei.

»Der kann auch nicht, sonst würde ich ja nicht dich fragen«, sagt sie gereizt. Im Hintergrund höre ich Lisa Moana kreischen. »Also, was ist, bleibst du? Ich habe jetzt keine Zeit für langes Palaver, mein Kind ist krank.«

Ich bleibe. Das Kind kann schließlich nichts dafür.

Eine Dreiviertelstunde später klingelt das Telefon wieder. Am Apparat ist eine Frau von einem Maklerbüro. Sie will Ilona sprechen. Ilona muss in der Aufregung vergessen haben, die Rufumleitung auf ihr Handy einzustellen. Ich frage, ob ich etwas ausrichten könne.

Die Frau sagt, dass es um die Verschiebung des Wohnungsbesichtigungstermins morgen Vormittag um zehn gehe. Ob es auch gegen vierzehn Uhr passe. Falls nicht, solle Ilona sie doch bitte zurückrufen.

Ich notiere sorgsam alles, den Namen der Frau und des Maklerbüros und natürlich die Adresse des Objekts, um das es sich dreht.

Am nächsten Morgen warte ich auf Ilonas Anruf. Er kommt gegen halb elf.

»Also gut«, sagt sie. »Was muss ich tun, damit du aus meinem Leben verschwindest?«

»Ich will ein erstklassiges Arbeitszeugnis«, antworte ich.

»Okay. Kriegst du.«

»Und eine Abfindung«, schiebe ich hinterher.

Das hat sie von mir nicht erwartet; einen Augenblick herrscht Stille am anderen Ende. »Wie viel?«

Die Wohnung wird als großzügiger, sanierter Altbauklassiker angepriesen. Sie ist einhundertvierzig Quadratmeter groß, hat einen edlen Dielenfußboden, schöne, hohe Stuckdecken, einen Kamin, eine Loggia, zwei Balkons und einen Garten im Innenhof. Sie soll fünfhunderttausend Euro kosten.

»Zehntausend«, sage ich.

»Bist du übergeschnappt?«, schrillt sie.

»Ich habe mir das Haus angesehen«, sage ich und versuche, höflich, aber bestimmt zu klingen. »Zehntausend.«

»Fünf«, sagt sie.

»Siebenfünf«, sage ich.

Durchreise

Bislang war alles wie vorgesehen gelaufen.

Die Aeroflot-Maschine aus St. Petersburg war pünktlich in Hamburg gelandet. Transfer zum Flughafengebäude, Passkontrolle, Gepäckausgabe – alles hatte reibungslos geklappt. Hastig, ohne sich auch nur einen Moment unnötig aufzuhalten, strebte Helen nun dem Ausgang zu. Die schwere Tasche schlug ihr immer wieder gegen die Beine, als sie die anderen Reisenden beinahe im Laufschritt überholte. Die Menschen in der Wartehalle nahm sie kaum wahr. Auf sie würde ja niemand warten, das wusste sie; nicht hier jedenfalls.

Sie hielt Ausschau nach dem Weg zu den Bussteigen. Wenn sie schnell genug loskam, erwischte sie vielleicht sogar gerade noch den Intercity, der in einer halben Stunde vom Hauptbahnhof fuhr.

Und dann sah sie Georg, ganz vorn, direkt neben der Absperrung.

Helen blieb stehen.

Dort stand er also, blasser als sonst, mit diesem angestrengten, vorwurfsvollen Gesichtsausdruck, den sie in letzter Zeit so oft an ihm gesehen hatte, und einer rosa Rose in der Hand.

Oh nein, dachte sie. Nicht auch das noch.

Etwas wie plötzliche Wut stieg in ihr hoch. Woher nahm er sich das Recht, hier zu stehen und auf sie zu warten? Es gab keinen Weg an ihm vorbei, und das wusste er auch genau. Er sah aus, als hätte er schon vor Stunden hier Stellung bezogen und kein Auge von der Tür gelassen, durch die sie kommen musste.

Helen biss die Zähne zusammen und ging durch die Absperrung.

»Das ist aber eine Überraschung«, sagte sie. »Was machst *du* hier?«

Georgs Lippen waren bleich und spröde, und er hatte bläuliche Schatten unter den Augen. Seine Haut spannte sich sehr straff über den vorstehenden Wangenknochen. »Ich dachte, du würdest dich vielleicht freuen, wenn dich jemand abholt und zum Bahnhof bringt.«

»Das ist ja lieb von dir.« Es war nicht *lieb*, was er hier machte. Alles andere als das. Aber schon schämte Helen sich auch wieder für ihre Wut auf ihn.

»Aber deswegen hättest du doch nicht herkommen müssen! Ich meine – ich fahre jetzt zum Hauptbahnhof und nehme den nächsten Zug nach Münster, ich bin auf der Durchreise, das hatte ich dir ja gesagt.«

Er nickte. »Weiß ich. Aber ich dachte, ich komme trotzdem und bringe dich zum Zug.«

»Na gut. Dann lass uns aber gehen, ich habe es wirklich eilig.«

Georg nahm ihre Tasche.

»Ist die Rose für mich?«

Er nickte wieder. »Für dich, schöne Frau.«

»Wie lieb von dir.«

Sie ging neben Georg her, Richtung Ausgang, und überließ es ihm, den richtigen Bussteig zu finden. Der Septemberhimmel über Hamburg war grau.

Erst als sie an der Bushaltestelle standen, sah sie ihn wieder an.

»Du siehst schlecht aus.«

»Wieso?«

»Als würdest du zu wenig essen. Und zu wenig schlafen.«

»Nein, nein, mir geht's gut.« Sein Tonfall war zu fröhlich. Helen wusste, dass er log. »Außer, dass ich dich vermisse.«

Natürlich. Das hatte ja kommen müssen.

»Du solltest mich aber nicht vermissen.« Munter wollte sie klingen, heiter und unbekümmert. Als liefe das hier auf eine ganz alltägliche, in keiner Weise beunruhigende Konversation hinaus.

»Warum nicht?«

Fast hätte Helen gesagt: Weil du mich fertig machst damit, begreif es endlich.

Stattdessen sagte sie: »Weil es besser für dich wäre, endlich einen Schlussstrich zu ziehen.«

Das hatte schon nicht mehr so munter, heiter und unbekümmert geklungen. Sie kriegte es nie hin, auch diesmal nicht.

Georg schüttelte den Kopf. »Warum sollte das besser für mich sein?«

»Man muss sich nun mal irgendwann damit abfinden, dass etwas zu Ende ist.«

»Ist es denn zu Ende?«

Helen erwiderte nichts darauf; der Bus hielt an der Haltestelle. Sie stiegen ein.

Georg saß ihr gegenüber und wartete. Sie war wieder dran.

»Du weißt doch, dass es zu Ende ist. Schon seit langem.«

»So lange ist es nun auch wieder nicht her, dass wir ...«

»Georg, hör auf damit. Nicht schon wieder, bitte. Du weißt doch, wohin ich jetzt fahre, oder?«

Er nickte. »Ja, ja, ich weiß.«

»Zu Jens«, sagte sie, beide Silben deutlich betonend.

»Ja, ja.«

»Na also.«

Er schaute sie nur an, immer noch nickend, und Helen sah, dass seine Augen flackerten. Ein bisschen irre, kam es ihr unwillkürlich in den Sinn.

Sie suchte nach etwas, worüber sie mit ihm reden konnte, nach irgendetwas, das ihn ablenken würde; aber ihr fiel nichts ein, ums Verrecken nicht. Sie hätte von St. Petersburg erzählen können, all das, was man normalerweise so zu erzählen hat, wenn man von irgendwoher zurückkommt. Da hätte es eigentlich genug geben müssen, worüber sie hätte reden können, aber gerade jetzt regte sich die Panik der letzten Tage und Wochen wieder und wurde augenblicklich übermächtig. Helen fand sich selbst abscheulich, weil sie so ganz und gar ausgefüllt davon war. Aber sie konnte gerade jetzt nichts dagegen tun; es gab in ihr keinen Raum mehr für irgendetwas anderes, das sich vielleicht sonst noch in ihr hätte regen können.

Wenn er nun nicht da war, um sie abzuholen?

Die Rose lag auf Helens Knien. Helen nahm sie hoch, hielt die Blüte an ihre Wange gedrückt und atmete den schwachen Duft ein, der von ihr ausging. Die kühlen, zarten Blütenblätter waren wie ein Streicheln an ihrer Wange. Plötzlich hätte sie auf der Stelle losheulen können.

Immerhin saßen sie dann doch schon in der S-Bahn, als es losging. Helen fand sich noch abscheulicher wegen dieses Geplärrs. Aber auch dagegen konnte sie gerade jetzt nichts tun.

Georg legte behutsam den Arm um sie, genau so, wie es von einem guten Freund erwartet wurde, der für sie da war, wenn es ihr schlecht ging.

»Was ist denn los, hm? Du bist ja ganz schön fertig mit den Nerven, was?«

Helen wühlte sich näher an Georg heran und weinte seinen Hemdkragen nass.

Er tätschelte ihre Hand, kramte ein frischgewaschenes Stofftaschentuch hervor und tupfte damit über ihr Gesicht. Der vertraute Duft des Taschentuchs und das fürsorgliche Tupfen ließen sie erst recht Rotz und Wasser heulen.

»Wenn er nun nicht da ist ...« brachte Helen irgendwann hervor.

»Wieso sollte er nicht da sein?«

»Ich weiß nicht ... Er hat in den letzten Tagen nicht mehr angerufen.«

»Und? Hätte er denn anrufen sollen?«

»Nein ... Ich meine, wir hatten es nicht verabredet.«

»Aber du würdest dich besser fühlen, wenn er noch einmal angerufen hätte.«

»Ja. Ich meine, er hätte mir doch sagen müssen, falls er *nicht* kommt.«

»Hätte er?«

»Ja!« Helen setzte sich mit einem Ruck auf und wischte sich das Gesicht ab. »Das hätte er!«

»Warum?«

»Das wäre nur anständig, oder?«

»Ist er denn anständig?«

Da waren sie wieder, diese feindseligen Fragen, die einzige ihm verbliebene Waffe. Anderen hätte Helen sie vielleicht nicht einmal übel genommen.

»Hör auf mit diesen Fragen.«

»Warum? Du selbst stellst sie doch. Du selbst traust ihm ja anscheinend nicht mal zu, dass er so anständig ist, dir zu sagen, falls er nicht kommt. Du selbst zweifelst doch dauernd an ihm.«

Er setzte hinzu: »Ich habe gar keine Zweifel, dass er da sein wird.«

»Nein?« Helen war sich bewusst, dass sie genau das hatte hören wollen. Das und nichts anderes.

»Nein. Er wird da sein. Warum auch nicht? Meinst du, das lässt er sich entgehen?«

»Es könnte etwas dazwischengekommen sein ... Etwas, das nicht von ihm abhängt.«

Georgs Gesicht verzog sich zu einer bitter-spöttischen Grimasse.

»Ach so, du meinst, etwas, das damit zu tun hat, dass er leider unabänderlich verheiratet ist.«

Helen war schon zu erschöpft für eine ihrer üblichen Verteidigungsreden.

»Er kann doch auch nichts dafür, dass alles so gekommen ist«, sagte sie deshalb nur. »Gewollt hat er das sicher nicht so.«

»Ach nein?«

»Nein! Das glaube ich einfach nicht.«

»Nun gut, gehen wir mal davon aus, dass er es nicht gewollt hat. Aber jetzt gefällt es ihm offenbar ganz gut, so, wie es ist. Hat sich ja alles bestens arrangiert.«

»Aber was soll er denn tun? Sich scheiden lassen? Wir kennen uns doch erst drei Monate!«

»Ich weiß nicht, was er tun soll. Solche Sachen lassen, von Anfang an.«

»Das sagt sich immer sehr leicht. Manchmal gerät man auch in etwas hinein, ohne etwas dagegen tun zu können.«

»Man muss natürlich etwas dagegen tun *wollen*. Und genau das wollt ihr beide anscheinend nicht.«

Die S-Bahn fuhr in den Hauptbahnhof ein.

Der Intercity nach Münster war vor einigen Minuten abgefahren. Das bedeutete eine Stunde Warten.

»Georg, du musst nicht hierbleiben ... Fahr doch schon zurück, der Zug nach Kiel geht in ein paar Minuten.«

Er schüttelte den Kopf. Sie standen da, inmitten der Geschäftigkeit des Bahnsteigs, und Helen sah, wie der Minutenzeiger der Bahnhofsuhr um einen Strich vorrückte.

»Woher wusstest du eigentlich, wann mein Flugzeug ankommt?«

»Das wusste ich nicht. Ich wusste nur, dass du heute zurückkommst, da bin ich früh morgens losgefahren und habe gewartet.«

Helen starrte ihn an. »Warum machst du so was?«

»Was?«

»Na was wohl, nach Hamburg fahren, den ganzen weiten Weg, stundenlang am Flughafen warten, mich abholen, nur, um mich in den Zug setzen zu dürfen, mit dem ich zu meinem Liebhaber fahre!« Helen hätte beinahe mit dem Fuß aufgestampft. »Warum zum Teufel machst du das? Warum läufst du mir hinterher? Das ist doch demütigend für dich!«

»Warum sollte es das sein? Finde ich nicht.«

»Aber du siehst doch, was mit mir los ist, mich interessiert schon gar nichts anderes mehr, als nach Münster zu kommen, zu diesem Kerl, mein Praktikum in St. Petersburg, das ich unbedingt machen wollte – ja, noch vor einem halben Jahr wollte ich das unbedingt! - habe ich geschmissen, nur um eine Woche mit ihm verbringen zu können, völlig durchgedreht bin ich schon, kurz vorm Nervenzusammenbruch, reicht dir das denn immer noch nicht?«

»Aber dann muss ich doch erst recht für dich da sein.«

»Nein, das musst du nicht. Ach Georg ... «

Da standen sie und sahen bestimmt rührend aus, wie ein Liebespaar, das sich angesichts des nahenden Abschieds kaum noch zu fassen wusste. Helen klammerte sich an den Kragen von Georgs Jacke, vergrub die Nase in seinem Hemd und schluchzte.

»Und dann bringst du mir auch noch eine Rose mit ... Und bist so lieb zu mir ... Hör doch endlich mal auf damit, lieb zu sein! Meinst du, mir tut das nicht weh, wenn ich gleich wegfahre, und ich weiß genau, dass es dir jetzt schlecht geht?«

»Mir geht es nicht schlecht.«

»Wenn du dir wenigstens das mal eingestehen würdest.«

Georg strich ihr übers Haar. »Eigentlich mache ich mir mehr Sorgen um dich.«

Helen schüttelte den Kopf. »Das brauchst du nicht. Ich fahre jetzt zu Jens, und er wird da sein, und wenn nicht ... Dann sehe ich weiter.«

»Du könntest jetzt auch mit mir nach Hause kommen. Dann müsstest du nicht nach Münster fahren und das herausfinden.«

»Nein.«

»*Das* weißt du ganz genau?«

»Ja. Ich muss herausfinden, ob er da sein wird oder nicht. Verstehst du?«

Er nickte. »Und was willst du letzten Endes?«

»Was ich will?«

»Willst du, dass er seine Frau verlässt für dich?«

»Ach Georg.« Helen zwang sich ein Lächeln ab. »Im Moment will ich nur eines: Dass er da sein wird, um mich abzuholen, wenn ich in Münster aussteige.«

»Ich finde, dass du sehr wenig willst.«

Helen biss sich auf die Lippe.

»Ich frage mich nur die ganze Zeit schon eines.«

»Und zwar was?«

»Was an diesem Mann dran ist, das dich dazu bringt, dich mit so wenig zufriedenzugeben. Ich will das ja gar nicht verurteilen, ich möchte nur gerne, dass du mir erklärst, wie er das hinkriegt. Warum willst du ihn, was macht ihn für dich so anziehend?«

Helen runzelte verständnislos die Stirn.

»Warum willst du ihn, obwohl du von ihm eigentlich nichts zu erwarten hast? Wie macht er das?«

»Aber was soll er denn *machen*?«

»Irgendetwas muss es doch sein. Ich hatte nie so eine Wirkung auf dich.«

Helen schüttelte den Kopf. »Selbst wenn ich dir sagen könnte, wie er das *macht*, was hättest du davon?«

»Tatsache ist, dass du ihn willst – nicht mich.«

»Und?«

»Um dich zurückzubekommen, müsste ich also so werden wie er.«

Ungläubig starrte Helen ihn an. »Das kannst du nicht wirklich meinen.«

»Doch. Was gefällt Frauen wie dir an solchen Männern? Wenn ich das herauskriege, habe ich eine Chance gegen ihn. Ich will dich, also muss ich so werden wie er.«

Helens Kehle schnürte sich zusammen vor Hilflosigkeit. »Aber du musst doch niemand anders werden. Du bist doch gut so, wie du bist.«

»Das bin ich eben nicht. Du willst mich nicht.«

»Aber das heißt doch nicht, dass du deswegen nicht gut so bist, wie du bist. Nur weil ich ... Weil wir nicht zusammen passen.«

Georg stand mit gesenktem Kopf da, mit diesen bleichen, schief verzogenen Lippen, und Helen begriff in diesem Moment, warum sie von ihm wegfahren musste.

»Aber wenn du mich nicht willst«, sagte er mit einem nervösen Schlucken, »dann will mich doch auch keine andere.«

Der Zug war pünktlich abgefahren. Georg war allein auf dem Bahnsteig zurückgeblieben.

»Wenn er nicht da ist, komm nach Kiel«, hatte er noch gesagt. »Ich bin ja da.«

Mit dem Heulen hatte Helen erst aufhören können, als sie schon fast eine Stunde unterwegs waren. Sie hatte schluchzend und schniefend dagesessen, das Gesicht halb hinter dem Ärmel ihres Mantels verborgen, und hatte die Rose umklammert gehalten.

Ihr gegenüber saß eine Dame im mittleren Alter. Sie hatte Helen die ganze Zeit über mit großer Anteilnahme beobachtet.

»Ich habe Sie und den jungen Mann am Bahnhof gesehen«, sagte sie mitfühlend. »So ein Abschied kann schwer sein. Aber wenn die Liebe so groß ist, brauchen Sie sich doch keine Sorgen zu machen. Dann ist das Wiedersehen umso schöner.«

»Ja«, sagte Helen.

Jens war am Bahnsteig. Sie sah ihn sofort, als sie ausstieg. In seinen Augen war so etwas wie Erleichterung. Er hatte schon fast zwei Stunden gewartet, weil er gedacht hatte, dass sie einen Zug eher kommen würde.

Erst später, als sie wieder etwas zur Besinnung gekommen waren, fragte er nach der Rose, die jetzt auf ihrem Koffer lag. Helen erzählte ihm von Georg.

»Armer Junge«, sagte Jens. »Stell sie mal ins Wasser, sonst ist sie hinüber.« Er blies etwas Zigarettenrauch in die Luft. »Gut, dass du jetzt hier bist. Ich hatte mir schon überlegt, was ich machen soll, wenn du nicht da bist.«

»Wirklich?«

»Na ja, kann ja immer mal was dazwischenkommen.« Er küsste sie. »Komm noch mal her zu mir.«

»Also ich«, sagte Helen, »habe mir keine Sorgen gemacht. Ich war ganz sicher, dass du da sein würdest.«

Am nächsten Morgen brachen sie früh auf. Erst, als sie schon eine Weile unterwegs waren, fiel Helen ein, dass sie die Rose im Hotelzimmer vergessen hatte.

Pfingstbesuch

Ich hatte ja irgendwie befürchtet, dass es Ärger geben würde. Aber nicht gleich am Samstagmorgen. Dem allerersten Morgen unseres seit langem geplanten, gemeinsamen Pfingstwochenendes.

»Übrigens«, lasse ich beim Frühstück fallen, »ich habe Heidrun gesagt, dass wir Franzi heute mitnehmen können. Sie kommt um halb zehn rüber.«

»Franzi ist das Nachbarmädchen, richtig?«

Ich nicke. »Heidrun und Arndt wollen sich heute nach einem neuen Wagen umsehen. Das ist natürlich ohne Kind viel entspannter. Ist doch in Ordnung für dich, oder?«

Es ist keine ernsthafte Frage; nur so eine dahingesagte, deren Antwort man im Voraus kennt. Oder zu kennen meint.

Petras Gesichtszüge entgleisen, für den Bruchteil einer Sekunde, gerade so merklich, dass ich nicht hoffen kann, es mir eingebildet zu haben.

»Den ganzen Tag?«

»Ja«, sage ich und finde, dass mein Toast plötzlich wie gepresste Sägespäne schmeckt. »Franzi ist wirklich ein ganz liebes Mädchen.«

»Na ja, meinetwegen. Wir sind ja zum Glück noch ein bisschen länger hier.«

Petras Mund ist streng verkniffen. Mein Hals fühlt sich dick an. Dort steckt ein Kloß fest, der immer mehr aufquillt.

»Ach, das wird bestimmt nett.« Ich hasse den falschen, munteren Tonfall der Wörter, die ich an diesem üblen Kloß vorbei zwingen muss. »Je mehr, desto lustiger.«

»Bestimmt.« Sie hat ihren Mund wieder entkrampft, nur die Stirnfalten drücken immer noch Empörung aus.

Ich fange entschlossen an, den Tisch abzuräumen, und lasse Abwaschwasser in die Spüle laufen. Alles ist mir recht, wenn ich ihr nur den Rücken zudrehen kann, für einen Moment wenigstens. Während ich Frühstücksbrettchen schrubbe und Eierlöffel auswische, versuche ich, meine Kehle durch konzentriertes Atmen wieder frei zu dehnen.

Pünktlich um halb zehn klingelt es an der Tür. Da steht Franzi, rosig-rundlich, in einem kurzen, blauweißen Rüschenkleid. Artig gibt sie Petra ihre warme Patschhand und strahlt sie aus großen braunen Augen zutraulich an.

Petra ist vor Franzi in die Knie gegangen und schüttelt Franzis Hand. »Hallo Franzi. Schön, dich kennen zu lernen.« Petras Lächeln ist breit und ohne Zweifel echt. Vielleicht ist der Tag doch noch zu retten, denke ich erleichtert und streiche Franzi kurz über die goldblonden Locken.

Lotte stürzt sich mit einem Freudenschrei auf Franzi. Die beiden fallen sich verlegen kichernd in die Arme. Finn steht nur da und starrt Franzi an.

»Mama, bleibt die jetzt etwa hier?«

Petra zuckt peinlich berührt zusammen.

»Finn, das ist Franzi. Wir werden heute zusammen etwas Schönes unternehmen. Sag doch bitte mal hallo.«

»Heute?« Noch immer starrt Finn unverhohlen feindselig. »Du meinst den ganzen Tag?«

»Finn!« Petra packt ihn am Arm. Aber ein beinahe Siebenjähriger ist kaum noch von der Stelle zu bewegen, wenn er nicht will, es sei denn mit Gewalt. Das weiß er und das weiß sie.

Ich hatte mir zwar vorgenommen, mich nicht in ihren Erziehungsstil einzumischen, unter keinen Umständen, komme was da wolle, aber in diesem Moment halte ich es dann doch für geboten, einzuschreiten. Ich habe schon erlebt, was daraus werden kann.

»Wir fahren in den Vergnügungspark«, verkünde ich markt-schreierisch. »Wie findet ihr das?«

»Yeah!«, ruft Lotte. Franzi strahlt wieder.

»Ich dachte, wir gehen in den Zoo!«, sagt Finn mit vorwurfs-voller Stimme.

»Da gehen wir schon auch noch hin. Nun zieh nicht so ein Ge-sicht, du wirst es toll finden, das verspreche ich dir.«

»Was ist ein Vergnügungspark?«

»Das ist was total Cooles!«, schreit Lotte. »So eine Art Spielplatz, draußen, aber mit Karussells, und das tollste ist eins, in dem man manchmal über Kopf hängt!«

»Aber Mama hat gesagt, wir gehen heute in den Zoo!«

»Kleine Planänderung«, schneide ich ihm das Wort ab. »Und nun los, sonst können wir auch gleich zu Hause bleiben.«

Ich sitze auf der Rückbank zwischen Lotte und Franzi, Finn vorne neben Petra auf dem Beifahrersitz.

»Mama, können wir das Hörspiel anmachen? Das über unser Universum?«

Lotte hat die Geistesgegenwart gehabt, sich noch schnell ihre Tüte mit den Loombändern zu schnappen. Sie sieht mich fragend an. Ich nicke ihr zu. Sie reicht Franzi die Tüte und einen Knüpf-haken herüber. Innerhalb von zwei Minuten sind die beiden eifrig bei der Arbeit. Finns und mein Blick treffen sich im Rückspiegel; er wendet sofort die Augen ab. Im Hintergrund sind die Stimmen von altklugen Kindern zu hören, die darauf brennen, einen darüber zu belehren, was der Unterschied zwischen einem Planeten und einem Stern ist; und natürlich nur intelligente Fragen stellen, keine blöden wie die, ob die Sonne noch vor Ende der Sommerferien explodieren wird. Niemand hört zu. Aber immer noch besser, als wenn Petra eines dieser hippen Kinderlieder zu singen anfängt.

Wir biegen um die Kurve. Finns Augen leuchten auf.

»Na, was sagst du nun?«, frage ich.

Er sagt nichts, aber sein Blick hängt wie gebannt an dem un-versehens vor uns auftauchenden Tohuwabohu aus kreischend bunten Bonbonfarben, in dem alles rotiert und auf und ab gleitet. Er weiß nicht, wohin er zuerst schauen soll. Ich kenne den Effekt; beim ersten Mal ging es mir auch so. Da schweben Schmetterlinge in einer behäbigen Runde am Himmel, hinweg über den in gleichmäßigem Rhythmus hin- und herschwingenden Rumpf der Schiffschaukel mit dem grinsenden Piraten darauf, der den beinahe waagerecht vorbeifliegenden, irrwitzig zentrifugierten Sitzen des Kettenkarussells gefährlich nahe zu kommen scheint. Es ist wie ein außer Rand und Band geratenes Uhrwerk. Und wir wollen da mitten hinein.

Wir befreien die Kinder aus dem Auto. Wie von einem Riesenmagneten angezogen rasen sie davon in Richtung Eingang, Finn vorne weg. Na also, denke ich.

»Bitte einen Moment noch zuhören«, sage ich, nachdem wir die Eintrittskarten gekauft haben. »Petra und ich bleiben hier, wo wir jetzt stehen, ihr wisst also, wo ihr uns finden könnt. Dies ist unser Sammelpunkt. Ihr müsst nicht die ganze Zeit zusammenbleiben. Aber sagt euch gegenseitig, wo ihr hingeht. So, und nun viel Spaß.«

Ich gehe uns einen Kaffee holen. Als ich zurückkomme, steht Petra unentschlossen da.

»Sollten wir nicht hinterher und sie im Auge behalten?«

»Gleich«, sage ich. »Jetzt trinken wir erstmal in Ruhe unseren Kaffee. Von hier aus haben wir doch alles im Blick.«

»Siehst du sie?«

»Ja, da drüben, beim Kettenkarussell.«

Petra setzt sich. »Mir fällt das so schwer, mal die Kontrolle abzugeben. Auch wenn Finn alleine auf den Spielplatz geht, das macht er ja jetzt seit einigen Monaten. Da muss ich doch zwischendurch mal gucken gehen.«

»Freu dich mal lieber über die Zeit, die du für dich hast«, sage ich. »Das ist es doch, was uns Alleinerziehenden am meisten fehlt. Unsere Kinder kommen schon sehr gut ohne uns zurecht. Wir müssen sie einfach nur mal loslassen.«

Ich weiß, dass ihr das, was ich sage, gegen den Strich geht. Es ist an dem kurzen Protestzucken ihrer Mundwinkel zu sehen. Aber sie widerspricht nicht. Denn natürlich will sie eine Mutter sein, die loslassen kann. Nicht eine, die klammert.

Einige Minuten lang hält sie durch; nur ihre Augen irren unentwegt umher. »Ich kann sie nicht mehr sehen«, sagt sie dann.

»Sie sitzen bestimmt in der Schiffschaukel.«

»Sollen wir nicht doch mal nach ihnen schauen?«

»Was soll denn passieren? Sie können hier doch nicht verloren gehen. Sie wissen, wo wir sind. Und im schlimmsten Falle können wir sie ausrufen lassen.«

In diesem Moment sehen wir die Kinder auf uns zukommen. Finns Unterlippe ist schmollend vorgeschoben, Franzi schaut verschüchtert, Lotte ratlos drein.

Finn wirft sich in Petras Arme. »Mama, Lotte hat gesagt, dass sie lieber neben Franzi sitzen will!«

»Hab ich nicht!«, protestiert Lotte.

»Hast du wohl!« Über Finns Wangen rollen zwei Wutränen. »Schon im Kettenkarussell durfte Franzi neben dir sitzen, und jetzt eben in der Schiffschaukel schon wieder!«

»Und in der Schiffschaukel kann man nicht zu dritt nebeneinander sitzen?«, werfe ich ein.

»Da waren keine drei Plätze nebeneinander mehr frei!« Lotte sieht mich flehend an, und ich kann ihre Gedanken lesen: Mama, ich weiß nicht mehr weiter, bring das in Ordnung, bitte.

Finn stampft mit dem Fuß auf. »Dann hätte ich dieses Mal neben dir sitzen müssen! Und nicht Franzi!«

»Schau mal, Finn«, sage ich, »Franzi ist erst fünf, also über ein Jahr jünger als du …«

»Ja und?«, schnieft er dazwischen.

»Lotte dachte bestimmt, dass Franzi bei der ersten Fahrt nicht gleich ganz allein sitzen sollte. Falls sie es ein bisschen unheimlich findet. Oder, Lotte?«

Lotte nickt wild. »Genau, Mama.«

»Während du, Finn, schon ein großer Junge bist und gar keine Beschützerin mehr brauchst.«

Es ist ein billiger Trick, aber er funktioniert. Finn zieht noch einmal die Nase hoch und wischt sich mit dem Handrücken übers Gesicht. Ich gebe Lotte unauffällig ein Zeichen. Lotte schiebt ihre Hand in Finns, Franzi tut es ihr nach, und weg stieben die drei, nun wieder in schönstem Einvernehmen.

»Lass uns mal schauen, wie sie sich jetzt organisieren«, sage ich zu Petra.

Die Kinder warten in der Schlange vor den schwebenden Schmetterlingen. In jedem Wagen ist Platz für zwei Personen. Finn und Franzi steigen zusammen in einen Wagen. Petras Augen werden ein bisschen feucht.

»Wahnsinn!«, flüstert sie. »Wie hast du das nur gemacht?«

Es ist mir peinlich, aber ich sehe, wie erleichtert sie ist. »Ein Appell an den Beschützerinstinkt, weiter nichts. Wirkt auch bei ganz kleinen Männern schon, wie man sieht. Und ist offensichtlich sogar stärker als Eifersucht.«

Der letzte Satz ist zuviel des Guten gewesen. Schon verdüstert sich ihr Gesicht wieder.

»Also, dass Finn eifersüchtig ist, kann man ihm doch nun nicht zum Vorwurf machen. Immerhin war er ja davon ausgegangen, dass er Lotte für sich allein haben würde.«

»Ich mache es ihm auch nicht zum Vorwurf. Ich sage nur, dass er lernen muss, damit umzugehen, mal nicht im Mittelpunkt zu stehen.« Überall liegen Minen, wohin ich auch trete. »Lotte spielte am Anfang auch immer die beleidigte Leberwurst, wenn sie Franzi teilen musste.« Nein, das ist auch wieder nicht gut. Ich rede schnell weiter. »Es ist ganz normal, dass er so reagiert.«

»Wie schön, dass mal jemand Finns Verhalten normal findet«, sagt Petra spitz.

»Wieso?«

»Seine Klassenlehrerin hat neulich beim Elternsprechtag kein gutes Haar an ihm gelassen. Ich bin mit Tränen in den Augen da raus gegangen.«

Ich schüttele den Kopf. »Sicher ist das nur deine Wahrnehmung. Irgendetwas Positives muss sie doch über ihn gesagt haben.«

Sie seufzt. »Es gibt nun mal charmantere Kinder als ihn. Die einfach besser ankommen.«

»Aber du siehst doch, dass alles wunderbar laufen kann.« Ich weiß nicht, ob ich sie nur beschwichtigen will oder selbst an das glaube, was ich sage. »Vielleicht braucht er einfach etwas mehr Zeit als andere Kinder, um mit anderen warm zu werden.«

Sie hört gar nicht hin. »Ich habe überlegt, ihn testen zu lassen. Vielleicht ist er hochbegabt. Das wäre eine Erklärung.«

Franzi bewahrt mich davor, sie fragen zu müssen, nach welcher Erklärung sie denn suchen wird, falls sich herausstellen sollte, dass er nicht hochbegabt ist.

»Lotte und Finn wollen in das Karussell, das über Kopf hängt.« Franzi ist ganz außer Atem vom schnellen Laufen. »Ich soll euch sagen, dass ihr zugucken sollt.«

»Und was ist mit dir?«

Sie zieht eine kleine Schnute. »Sie lassen mich nicht rein«, mault sie. »Ich bin noch nicht groß genug.«

Wir gehen alle drei gucken. Lotte und Finn haben ihre Plätze schon eingenommen. Sie sind gesichert mit dicken Haltebügeln und winken uns begeistert zu. Ein Signal ertönt. Das infernalische Gefährt ruckt an. Zuerst geht es langsam in die Höhe, wo die Sitze einige Sekunden lang still stehen. Dann sacken sie abrupt nach hinten weg, drehen sich mehrfach um die eigene Achse und bleiben über Kopf hängen.

»Hoffentlich wird ihm nicht schlecht«, murmelt Petra.

Die Sitze werden wieder in aufrechte Position gewuchtet und rasen wie von einer unsichtbaren Riesenhand angeschoben nach unten. Lottes Gesichtsausdruck ist entzückt; Finns leidend. Ich versuche, mitzuzählen, wie oft das ganze Programm insgesamt abgespult wird; es scheint kein Ende zu nehmen. Aber nach einer letzten

Schussfahrt abwärts, während der die Sitze gleichzeitig gegen den Uhrzeigersinn gekippt werden, ist es dann doch überstanden.

Finn ist sehr blass um die Nase und hat schon wieder Tränen in den Augen, diesmal von dem Schreck.

»Sehr tapfer«, lobe ich ihn. »Mich würde nichts und niemand da reinkriegen.«

Finn steht mit hängenden Armen da und lässt sich von Petra umarmen. »Ab einem bestimmten Zeitpunkt war es wirklich etwas unangenehm«, kommentiert er, ohne eine Miene zu verziehen. Dieser gestelzte Tonfall, denke ich, so redet doch kein Kind. »Aber ich bin froh, dass ich es gemacht habe. Ich meine, wenn Lotte es kann, kann ich es auch, oder?«

Auf der Rückfahrt schlafen alle drei Kinder auf der Rückbank. Finn hat nun unbedingt zwischen den Mädchen sitzen wollen.

»Gut so«, sage ich zu Petra. »Neue Kräfte sammeln für die Reitstunde.«

Petra wirft einen Blick in den Rückspiegel.

»Hast du gesehen, wie der Typ am Nebentisch geguckt hat? Als wir Pommes essen waren?«

»Nein. Hab ich nicht bemerkt. Wie hat er denn geguckt?«

»Als ob er die ganze Zeit überlegte, welches Kind wohl zu wem gehört.«

Ich lache. »Das ist in unserem Fall ja auch nicht so ganz einfach. Franzi ist viel zu blond und unsere beiden sind eine Kopie ihrer Väter.«

Petra zieht die Augenbrauen zusammen. »Stimmt. Uns nicht zuzuordnen.«

»Aber deswegen sind sie ja trotzdem sehr gut geraten.« Aus irgendeinem Grund meine ich, das hinzufügen zu müssen.

Petra hält den Blick auf die Fahrbahn gerichtet. Ihre Augenbrauen bilden ein finsteres Dreieck. »Natürlich.«

»Ich hoffe, die haben keine Hunde?«, fragt Petra, als wir aufbruchbereit im Flur stehen.

»Doch«, sage ich. »Drei.«

»Oh.« Dieser Blick. Als hätte ich wissen müssen, dass sie Angst vor Hunden hat.

Hugo und Quinty kommen neugierig angerast, als wir aus dem Auto steigen. Piwi nicht; sie ist alt und abgeklärt und weiß, dass es sich fast nie lohnt, auf Dinge zuzurasen. Sie kommen von selbst auf einen zu. Oder eben auch nicht.

Petra hält sichtbar den Atem an. Finn lässt sich rückwärts wieder ins Auto fallen.

»Sie bellen nicht mal«, sage ich.

»Guck mal, Finn, Quinty will nur spielen!« Lotte wirft ein Stöckchen. Quinty schießt hinterher, fängt es im Flug und legt es hechelnd vor ihre Füße. Als nächstes wirft Franzi das Stöckchen. Jetzt hechelt Quinty sie erwartungsvoll an.

»Wenn du nicht mit ihm spielst, beachtet er dich gar nicht«, sage ich.

»Mama, trägst du mich aus dem Auto?«, ruft Finn halb weinend.

Das macht sie nicht, denke ich. Aber ich irre mich. Petra hievt ihn in die Höhe. Er klammert sich hysterisch an ihr fest. Die Hunde umringen die beiden schwanzwedelnd. Zum Glück können die beiden sich nicht wieder im Auto verbarrikadieren, weil in diesem Moment Nicole dazukommt.

»Hugo! Quinty! Hierher!« Nicole macht dem Elend mit einem kurzen Kommando ein Ende. Die Hunde scharen sich gehorsam um sie.

»Du bist Finn, richtig?« Nicole lächelt breit. Ihre massigen Hüften und Oberschenkel sind in knallenge Reithosen gezwängt. Ein Muskelshirt betont die imposante Breite ihres Kreuzes und die deutlich ausgeprägten Bizepse noch. Sie ist erst Mitte zwanzig, aber trotz Babyspeck und der Gutmütigkeit ihres noch kindlich unausgeformten Gesichts hat sie die natürliche Autorität einer Walküre, die es mit jedem Mann im Wettkampf aufnehmen kann. »Und, schon mal auf einem Pferd gesessen?«

Finn nickt und fängt so hastig an zu reden, dass er sich fast verschluckt. »Zweimal schon, das letzte Mal beim Voltigieren, ich hatte nämlich schon mal eine Voltigierstunde, und Voltigieren ist noch viel schwieriger als normales Reiten …«

Nicole sagt freundlich: »Na prima. Dann werden wir jetzt Polly holen und ihr putzt ihn. Lotte zeigt dir und Franzi, wie ihr das macht. Aber natürlich musst du dazu erstmal vom Arm deiner Mama herunterkommen.«

Zögerlich, sehr zögerlich setzt Finn die Füße auf den Boden. Noch immer fixiert er Quinty, der seinerseits jede seiner Bewegungen verfolgt.

Matthias biegt um die Ecke. Unrasiert, hemdsärmelig und jovial, aber mit seinem typischen abschätzenden Blick. Sein Urteil fällt immer sehr rasch.

»Ah, unsere Gäste, wie sieht's aus, alles gut?«

»Finn hat Angst vor den Hunden!«, säuselt Franzi.

»Warum das?« Matthias fasst Finn scharf ins Auge. »Hunde merken, wenn du Angst vor ihnen hast. Sie tun dir nichts, aber du darfst keine Angst vor ihnen haben.«

»Es ist nichts falsch daran, Angst vor Hunden zu haben!«, flammt Petra hoch.

»Aber sie machen doch wirklich nichts«, mischt Lotte sich ein.

Finn setzt einen Fuß vor den anderen und versucht, sich an der Wand des Stalls entlangzuschieben. Quinty kommt freudig mit dem Stöckchen im Maul zu ihm herübergesprungen.

»Mama!«, schreit er mit dünner Stimme auf. »Dieser Hund belästigt mich! Ich kann nirgendwo hingehen! Immer verfolgt er mich!«

Ich werfe Nicole einen verschwörerischen Blick zu. »Ihr beiden«, sage ich zu Lotte und Franzi. »Ihr geht jetzt schon mal und holt Polly, wir klären das hier eben.« Nicole nickt und schiebt mit den beiden ab. Matthias schüttelt nur den Kopf.

»Na, mach du mal«, sagt er. »Ich geh Ausmisten.«

Ich wende mich Finn zu.

»Hör zu«, sage ich zu ihm. »Du musst jetzt eine Entscheidung treffen. Du kannst dir von Quinty die Reitstunde verderben lassen, auf die du dich so gefreut hast. Oder du kannst Quinty jetzt einfach ignorieren und das tun, weswegen du eigentlich hier bist. Also, was willst du?«

Er sieht zu mir auf und nickt. »Okay.« Dann setzt er sich ohne weitere Diskussion in Bewegung. Quinty japst, folgt ihm ein paar Schritte und lässt dann von ihm ab.

Petra sieht mich an, als wäre ich der Kinderflüsterer. Ich lächele gezwungen, zum wievielten Mal heute weiß ich nicht. Meine Mundwinkel schmerzen schon.

Finn redet unaufhörlich während des Putzens. Die Wörter strömen nur so aus ihm heraus. Nicole nimmt keine Notiz davon und greift nur moderierend ein, wenn die Kinder Polly zu sehr auf die Nerven gehen. Petra steht daneben und lässt sich von Finn jeden Handgriff ausführlich erklären.

Matthias kommt mit einer Schubkarre voller Pferdemist zu mir herübergerollt. Er schiebt seine speckige Lederschirmmütze hoch und holt seinen Tabak aus der Hemdtasche. Wir sehen ein paar Minuten zu, wie die Kinder den lethargisch dastehenden Polly mit Bürsten bearbeiten.

»Kennt ihr euch schon lange?«, fragt Matthias.

»Drei Jahre … Lotte und Finn sind zusammen zum Kindergarten gegangen.«

Matthias bläst den Rauch vor sich her. »Anstrengendes Kind«, sagt er.

Ich grinse. »Ich wusste, dass du das sagen würdest. Ja, stimmt. Aber ist nicht seine Schuld.«

»Schon klar.« Matthias grinst zurück. »Wenn Kinder schwierig sind, liegt es meistens an den Eltern.«

Nicole kommt mit den um sie herumtänzelnden Kindern zu uns herüber. »Du kannst auch Arabelle satteln«, sagt sie zu mir. »Dann können Franzi und Finn abwechselnd auf Polly und Lotte kann mit Arabelle ein paar Runden drehen.«

Lotte hüpft vor Begeisterung auf und ab.

»Darf ich mitkommen?«, fragt Finn.

Zu viert gehen wir zur Sattelkammer. Die Kinder dürfen den Sattel zu Arabelles Box schleppen.

Finn mustert Arabelle von den Ohren bis zu den Hufen. Er lässt kein Auge von mir, als ich den Sattelgurt anziehe und Arabelle das Gebiss ins Maul schiebe.

»Dieses Pferd nennt man Apfelschimmel, oder? Und es ist eine Frau. Es hat keinen Penis.«

Es ist nicht das erste Mal, dass er dieses Wort in den Mund nimmt. Eigentlich nimmt er es fast jedes Mal in den Mund, wenn ich ihn sehe; ich hätte also inzwischen darauf gefasst sein müssen. »Du kennst dich ja gut aus«, sage ich und versuche, neutral zu klingen.

»Darf ich nachher auch auf ihr reiten?«

»Das muss Nicole entscheiden«, sage ich. »Probier es erst mal mit Polly.«

Finn rümpft die Nase. »Polly ist so klein …«

»Aber groß genug, dass es weh tut, wenn du runterfällst.«

Franzi trabt an der Longe um Nicole herum, als wir dazu kommen. Finn kneift kritisch die Augen zusammen. »Sie dürfte nicht so auf und ab hüpfen wie ein Gummiball, oder?«

Nun ist er an der Reihe.

»Aber er hüpft auch wie ein Gummiball«, sagt Lotte.

»Klar tut er das«, sage ich.

»Willst du auch galoppieren, Finn?«, fragt Nicole. Er nickt. Nicole bringt Polly mit einem scharfen Knallen der Peitsche zu ein paar trägen Galoppsprüngen. Es ist das erste Mal, dass ich Finn an diesem Tag lächeln sehe.

»Pass auf, wir lassen jetzt mal Lotte eine Runde auf Polly reiten, sie muss ja morgen zum Turnier mit ihm.«

Wir alle beobachten vom Zaun aus, wie Lotte einmal das ganze Programm der Prüfung abreitet.

»Und einen Galopp zum Abschluss«, ruft Nicole ihr zu.

Polly macht gar nicht den Versuch, Widerstand zu leisten. Ein energischer Tritt von Lotte, und schon geht er in den Galopp über. Wie festgewachsen sitzt sie auf seinem Rücken, ein dünner, brauner Dschinn, der sich geschmeidig im Rhythmus seiner kurzen Beine mitbewegt.

»Nicht zu schnell«, ordnet Nicole an. »Vorsicht in der Ecke. Außenzügel kürzer. Lass ihn nicht von der Bahn. Gut so. Und … zurück in den Trab.«

Matthias klatscht in die Hände. »Super gemacht!«, ruft er dröhnend. »Du bist unsere Kanone!«

»Darf ich jetzt wieder drauf?« Finn ist blass vor Anspannung.

Nicole lächelt. »Erst Franzi noch einmal, okay?«

Finn kann kaum stillsitzen, als er wieder an der Reihe ist. Ich führe Polly und erkläre ihm, dass er die Hände ruhig halten muss und die Zügel nicht schleifen lassen soll.

»Können wir nochmal galoppieren?«

»Nein«, sage ich. »Das muss Nicole machen.«

»Aber ich kann das doch jetzt schon!«

»Lotte hat ein Jahr gebraucht, um richtig Galoppieren zu lernen. Ein ganzes Jahr.«

Er denkt kurz darüber nach. »Aber ich kann es doch schon besser als Franzi, oder?«

»Weißt du«, sage ich, »es ist gar nicht so wichtig, alles besser zu können als andere. Für mich zumindest ist das völlig unwichtig. Ich habe dich auch dann gern, wenn du überhaupt nichts besser kannst als andere.«

Finn sieht mich mit gerunzelter Stirn an. »Du wärst also nicht enttäuscht, wenn Lotte morgen beim Turnier nicht den ersten Platz belegt?«

Zum Schluss der Stunde hebt Nicole alle drei Kinder hintereinander auf Arabelle. Lotte und Franzi winken ausgelassen, und selbst Finn wirkt nicht mehr so entsetzlich freudlos.

»Wie bei Pippi Langstrumpf«, sagt Petra mit leicht verklärtem Gesicht.

»Ich bin wütend und traurig!«, schleudert sie mir entgegen, als ich ihr am nächsten Morgen vor der Badezimmertür begegne. »Mein

Kind schläft nicht! Und ich sehe nicht ein, warum ich morgens um halb fünf versuchen muss, ihn zur Ruhe zu bringen!«

Ich sehe das so recht auch nicht ein.

»Warum musst du das denn unbedingt?« Ich weiche einen Schritt zurück unter der Druckwelle von zusammengeballtem Frust, die auf mich zu gewabert kommt. »Ich meine, er ist zu Besuch, alles ist so aufregend …«

»Aber er schläft auch sonst so schlecht«, unterbricht sie mich. »Wie soll er denn die Leistung bringen, er kann sich nun mal keine Hänger in der Schule erlauben!«

Sie dreht sich auf dem Absatz um und verschwindet wieder in meinem Schlafzimmer. »Ich brauche jetzt erstmal einen Kaffee, dann kann ich vielleicht auch gute Laune versprühen, okay?«

Ich gehe nach unten, mache Frühstück und frage mich, wer von uns eigentlich auf die Idee gekommen war, ein ganzes Pfingstwochenende zusammen zu verbringen.

Es ist eine dieser Mahlzeiten, bei denen niemand etwas sagt oder wirklich Appetit zu haben scheint. Die Kinder verdrücken sich nach drei Löffeln Müsli und einem zerpflückten halben Nutellabrötchen ins Wohnzimmer.

Petras Blick fällt auf das hellgelbe Stuhlkissen, auf dem Finn gesessen hat. Überall prangen braune Fingerabdrücke.

»Macht nichts«, sage ich. »Nutella geht raus.«

Petra fängt an zu heulen, dicke, nasse Tränen. Dort, wo sie gerade steht, mitten in der Küche.

»Ich habe immer das Gefühl, dass ich eine schlechtere Mutter bin als du«, schluchzt sie. »Und das macht mich fertig!«

Ich weiß es ja. Aber es ist ihr Problem.

»Weißt du«, sage ich, »ich glaube, Finn setzt es als Waffe gegen dich ein. Dass er nicht schläft, meine ich. Er merkt, wie viel Wert du darauf legst …«

»Aber warum als Waffe?« Sie starrt mich entgeistert an. »Was tue ich ihm denn?«

»Du bist zu sehr an ihm dran. Lass ihn einfach machen. Er wird schlafen, wenn er merkt, dass er dich damit nicht unter Druck setzen kann. Vertrau ihm.«

»Seinem Vater habe ich auch vertraut.«

»Die Frage ist, ob man einem Kerl vertrauen kann, der eine Frau mit drei Kindern für einen sitzenlässt«, sage ich. »Aber wie auch immer, Finn kann nichts dafür, dass sein Vater dich verlassen und deinen romantischen Traum vom Kleinfamilienglück zerstört hat.«

»Muss denn jeder so desillusioniert sein wie du?« Die Tränen fließen in Strömen und lassen ihre Augen glänzen wie frisch gespülte hellgraue Kiesel. »Was ist falsch daran, dass man noch Träume hat?«

»Daran ist nichts falsch. Nur können diese Träume platzen. Und falsch ist, dass du Finn dafür büßen lässt.«

»Du redest wie meine Mutter«, presst sie heraus. »Die sagt, ich bin nicht gut für das Kind. Ich habe solche Angst, dass sie Recht hat.«

Ich hole tief Luft. Jetzt oder nie. »Dann solltest du dir Hilfe suchen.«

»Also siehst du es auch so, dass ich schuld bin?«

»Schuld woran?«

»Dass Finn so ist, wie er ist!«

»Wie ist er denn?«

»Er ist so - anders als ich!«

»Such dir Hilfe, wenn du das so empfindest«, wiederhole ich. »Das ist keine Schande, weißt du.«

Petra packt ihre Zigaretten und marschiert ohne ein weiteres Wort durch die Küche in Richtung Terrasse.

»Übrigens, nächste Woche kommt endlich mein neues Sofa«, sagt sie, als sie zurückkommt. »Habe ich dir die Farbmuster schon gezeigt?«

»Komm auf der Stelle da runter!« Ich hatte nicht gewusst, dass Matthias' Stimme auch vor Ärger so dröhnen kann. Mit wenigen großen Schritten ist er bei Arabelle in der Koppel. Auf Arabelles Rücken hockt Finn und klammert sich am Sattel fest. Matthias packt ihn um die Mitte, zerrt ihn mit einem Ruck von Arabelle herunter und setzt ihn vor Petra ab, die wie festgewurzelt dasteht.

»Entschuldigung«, sagt er zu Finn, »aber dieses Tier wiegt sechshundert Kilo. Was meinst du, was passiert, wenn sie dich abwirft und du die Hufe an den Kopf kriegst?« Und zu Petra gewandt schnappt er: »Wie alt ist er, sechs? Da sollte er allmählich mal Manieren gelernt haben.«

»Was hast du dir dabei gedacht?«, fährt Petra auf Finn los. »Los, sieh mich an, wenn ich mit dir spreche!«

Finn hält den Blick auf den Boden gesenkt.

»Matthias meint es nicht böse«, sagt Nicole begütigend. »Er hat sich nur Sorgen gemacht, weil es gefährlich war, was du da gemacht hast.«

»Ich wollte doch nur noch mal kurz auf ihr reiten«, murmelt Finn. »Und hier hat ja niemand Zeit für mich.«

»Bei einem Turnier gibt es nun mal einen festen Zeitplan, den wir einhalten müssen, weißt du.« Nicole redet ganz gelassen, nicht anders als sonst auch, und ich bin ihr sehr dankbar dafür. »Ich verspreche dir, dass du nachher noch einmal auf Polly reiten darfst. Nach den Prüfungen. Aber so lange musst du abwarten.«

»Wenn du dich immer so benimmst, Finn, dann kriege ich nie wieder einen Mann«, zischt Petra, als Nicole und Matthias außer Hörweite sind.

Ich fühle mich wie unter einer Glasglocke, aus der man binnen weniger Sekunden die Luft abgesaugt hat. Als ich den Mund öffne, um etwas zu sagen, bin ich beinahe überrascht, dass tatsächlich ein Laut herauskommt.

»Finn, willst du eben mit mir mitgehen und Polly turnierfein machen? Und du, Lotte, zieh dich um, du bist gleich an der Reihe.«

Schweigend trottet Finn hinter mir her. Zusammen bürsten wir Polly noch einmal kurz über, weil er sich in der Zwischenzeit schon wieder genüsslich im Sand gerollt hat. Wir legen ihm den

Sattel auf und das Zaumzeug an. Ich flechte seine Mähne neu, wo sich ein Gummi gelöst hat.

»Können wir morgen auch nochmal reiten gehen?«, fragt er.

»In den Zoo wollten wir doch auch noch«, sage ich. »Aber weißt du was«, füge ich hinzu, »ich werde deine Mutter fragen, ob sie dich bei euch zu Hause nicht zum Reiten anmeldet. Das möchtest du doch bestimmt, oder?«

Er schaut mich zweifelnd an. »Meinst du, sie lässt mich? Sie hat doch solche Angst vor Pferden.«

»Das wird sie, ganz sicher.« Ich drücke ihm den Halfterstrick in die Hand. »Komm, du darfst Polly zum Reitplatz führen. Und Finn - das, was sie da vorhin gesagt hat - du weißt, dass sie das nicht so gemeint hat, oder?«

Er sieht mich nicht an und zuckt die Schultern.

»Es war schön«, versichern Petra und ich uns zum Abschied und umarmen uns. Komischerweise umarme ich immer nur Frauen, die keine wirklichen Freundinnen sind. Meine wirklichen Freundinnen können auf Umarmungen genauso gut verzichten wie ich.

»Müssen wir wirklich schon nach Hause fahren?«, fragt Finn.

»Leider ja, Schatz«, sagt Petra. »Heute ist Dienstag, morgen musst du wieder zur Schule und ich zur Arbeit.«

Finn hat alles versucht, um seinen Protest zum Ausdruck zu bringen: Sich versteckt, extra lange auf dem Klo gesessen, einen Kicher- und einen Wutanfall bekommen. Nun steht er da und blickt vor sich hin, mit hängendem Kopf. Ihn würde ich gerne umarmen.

»Also dann, Süße, wir sehen uns in den Sommerferien«, sagt Petra. Ich helfe ihr, das Gepäck im Kofferraum zu verstauen.

»Vielleicht reitet Finn dann ja auch schon ganz prima«, sage ich.

Sie wirft den Kopf zurück, auf diese eigentümlich trotzige Art, und der hellgraue Kieselblick ist plötzlich kühl. »Wir schauen mal«, sagt sie, »du weißt ja, wie lang Wartelisten manchmal sein können.«

Rashomon

Freitag

»Jetzt sag nicht, sie hat schon wieder angerufen.«

Diane war dabei, Marlen für das Abendessen umzuziehen, als Rainer zurück ins Hotelzimmer kam. Sie drehte sich halb zu ihm um. »Und, was wollte sie diesmal?«, fragte sie über ihre Schulter hinweg.

»Woher weißt du denn, dass sie es war?« Er warf sich in den Sessel gegenüber vom Bett und begann in der Zeitung zu blättern, die er auf dem Couchtisch abgelegt hatte. Zwei, drei Seiten auf einmal schlug er um, ohne hinzuschauen.

Diane lachte kurz auf, mit diesem überlegenen Ich-weiß-alles-und-noch-viel-mehr-Beiklang. »Ach, dieses verdrossene Gesicht, das du immer machst, wenn ihre Nummer erscheint. Und die Tatsache, dass du extra raus auf den Flur gehst. Also, was wollte sie? Hat ihr Lover sie mal wieder versetzt? Der Verheiratete mit der krebskranken Frau, wie heißt der nochmal? Klaus, oder?«

»Ja. Klaus.« Er schmiss die Zeitung auf den Tisch zurück. Das Problem war, dass sie tatsächlich immer alles und noch viel mehr wusste, sogar Dinge, die sie überhaupt nicht hätten interessieren brauchen, wie etwa der Name des verheirateten Liebhabers seiner Ex-Frau. »Er hat sie mal wieder in letzter Minute sitzen lassen«, sagte er widerstrebend. »Er wollte heute Abend vorbeikommen. Aber seiner Frau ging es zu schlecht.«

»Dass ihr das nicht peinlich ist. Sich immer wieder bei dir auszuheulen«, gab sie zurück. »Ausgerechnet bei dir.« Was sollte er sagen; so war es ja. Auch ihm ging Sigrids klagendes, nicht enden wollendes Lamentieren auf die Nerven. Aber es machte ihn gereizt, diese unverhohlene Verachtung, die in Dianes Stimme immer dann mitschwang, wenn sie über Sigrid sprachen. Es war wie früher bei den eigenen Eltern. Dass man sich selbst heftig über sie beschwerte, gab anderen noch lange nicht das Recht, sie ebenfalls zu kritisieren. Da war man empfindlich. Und bei einer Ex-Frau erst recht. Immerhin hatte man sich die (anders als die Eltern) auch noch selbst ausgesucht, irgendwann einmal zumindest.

Diane zog Marlen ein frisches rosa Shirt mit zwei sich küssenden hellgrauen Elefanten darauf über den Kopf und half ihr, Kopf und Arme zu sortieren. Sie ging sehr liebevoll mit ihrem Kind um. Aber Quengeln und Weinerlichkeit duldete sie auch bei der Vierjährigen nicht. »So. Fertig. Hast du denn schon Hunger?« Marlen nickte. Diane tat, als wollte sie ihr in die Nase zwicken, und sie strahlte. »Du darfst die Sendung noch zu Ende gucken, wenn du willst.«

Diane kam zu ihm herüber und baute sich vor ihm auf.

»Sigrid sollte dem Kerl entweder klipp und klar sagen, dass er sich zum Teufel scheren soll.« Sie verschränkte angriffslustig die Arme vor der Brust. »Oder sie sollte es akzeptieren, wie es ist. Sich das Beste von ihm nehmen und auf den Rest dankend verzichten. Kommt halt darauf an, worauf sie aus ist. Will sie ihn für sich allein oder nur ein bisschen Amüsement?«

»Ich glaube, es ist ziemlich klar, dass sie ihn für sich allein will«, sagte er.

»Ist das so klar?« Ihre Stimme war jetzt sehr kühl. »Will sie wirklich einen Mann, der seine krebskranke Frau betrügt? Ich würde so einen nicht wollen.«

»Fast ein Jahr lang hat es dich auch nicht gestört, dass ich Sigrid mit dir betrogen habe«, hielt er dagegen.

»Sie hatte aber keinen Krebs.« Diane grinste. »Das ist schon mal ein gewaltiger Unterschied. Und ich wollte dich nicht für mich alleine. Jedenfalls fast ein Jahr lang nicht.«

»Du wolltest also nur Amüsement.« Ihm war es nur recht, dass sie auf diesen tändelnden Ton umschwenkte. Es war die passende Einstimmung auf den Abend, der vor ihnen lag.

»Ich wollte erst herausfinden, ob es die Mühe wert war, mehr in dich zu investieren.« Sie trat einen Schritt näher auf ihn zu, zwischen seine lang ausgestreckten, gespreizten Beine, beugte sich zu ihm herunter, strich mit dem Handrücken über seine frisch rasierte Wange und schnupperte dem Duft seines Rasierwassers nach. Sie berührte ihn fast gar nicht, aber trotzdem rieselte das Kribbeln hinter seinem Ohr von dort aus sein Rückgrat hinunter, wie ein warmes, vielversprechendes Proseccoprickeln. Er fasste sie um die Mitte und zog sie auf seinen Schoß; sie kam ihm willig entgegen. Nein, er hatte keinen Zweifel daran, dass sie in ihn verliebt war, egal, wie selbstsicher und unangreifbar sie manchmal auch tat. Und solange das so war, würde er keine Fragen stellen, die er in dieser Situation vielleicht hätte stellen können oder sollen.

»Nimmst du mich denn so mit?«, fragte er.

Er liebte diesen Blick – prüfend, aber voller Zuneigung -, mit dem sie ihn von oben bis unten musterte. »Klar«, sagte sie und pflückte einen letzten Fussel von seinem Hemd. »Bist vorzeigbar.«

Marlen schob ihre warme, kleine Hand in seine. »Gehen wir, Rainer?«, fragte sie.

Als sie zu dritt den Speisesaal betraten, richteten sich alle Augen auf sie. Zumindest kam es Rainer in seinem Überschwang so vor. Es wunderte ihn auch gar nicht. Diane war das, was man eine aparte Schönheit nannte, auf ihre herausfordernd spröde Art, wenn sie es darauf anlegte; Marlen war reizend, eines von diesen Kindern, die allein durch ein Lächeln wildfremde Menschen um den Finger wickeln konnten; und er, nun ja, er war eben Teil dieses Dreigestirns, dessen Stimmigkeit in diesem Moment doch einfach bis in den letzten Winkel des Saals abstrahlen musste.

Ein vollwertiger Teil, setzte er in Gedanken hinzu, das war das, worauf es ankam. Diane war um einiges jünger und äußerlich weit attraktiver als er. Bisher hatte er das immer etwas einschüchternd gefunden. Aber an diesem Abend hatte er zum allerersten Mal das zuversichtliche Gefühl, etwas Gleichwertiges entgegensetzen zu können. Vermögen, Status, Sicherheit, solche Dinge; und - wichtiger noch für eine Frau wie Diane, die keinen »Versorger« im materiellen Sinne brauchte - natürlich die Tatsache, dass er ihre Tochter akzeptiert hatte, ihren vielleicht einzigen Makel, ohne Wenn und Aber und zu seiner eigenen Überraschung sogar gerne. All das klang ernüchternd, nach Kalkül, aber so waren nun einmal die Gesetze der Partnerwahl. Alles drehte sich darum, für das, was man zu bieten hatte, den möglichst adäquaten Gegenwert zu bekommen. Und er hatte durchaus etwas zu bieten. Vielleicht würde er seinen Minderwertigkeitskomplex Diane gegenüber jetzt doch endlich einmal ablegen können.

Er lächelte sie an, beschwingt und ein bisschen verschwörerisch. Sie nickte ihm zu, und er wusste, dass sie ihn verstand und sein (zugegebenermaßen narzisstisches) Verlangen nach dem Beifall der anderen teilte, das einzige, was ihm gerade jetzt noch zur vollkommenen Zufriedenheit fehlte.

Alles schien an diesem Abend darauf ausgelegt, ihn zu erfreuen. Die Position ihres Tisches, eher, aber nicht ganz, am Rande des Saales; die dezente Tischdekoration; die unaufdringliche Beleuchtung; das exquisite Essen. Und der schwere Rotwein, der ihm samtig die Kehle entlangstreichelte.

Kurz vor neun Uhr stapfte ein Typ mit schwarzem Sakko und adretter Fliege herein und baute ein Keyboard und ein Mikrofon in der Mitte des Saales auf. Die nächsten zwei Stunden werde er für die musikalische Unterhaltung sorgen, kündigte er an. Es dürfe selbstverständlich auch getanzt werden.

Es war genauso schlimm, wie Rainer befürchtet hatte. Dieser Musikfritze hatte mit einem Blick erfasst, dass das Publikum von grauen und weißen Köpfen durchsetzt war wie Marmelade, auf der sich Schimmel breitgemacht hatte, und damit stand das Repertoire fest. Seichte Schlager, abgedroschene Evergreens, debile Gassenhauer, allesamt getrimmt auf biederen Weichspülsound

und foxtrottkompatiblen Einheitsbeat. Wahrscheinlich brauchte er bloß noch den entsprechenden Knopf an seiner infernalischen Maschine zu drücken (vor seinem geistigen Augen sah Rainer eine Art Armaturenbrett mit einem Dutzend verschiedenfarbiger Tasten vor sich, die sozusagen das gesamte Alters- und Anlassspektrum abdeckten), um das gewünschte Programm in der immer gleichen Reihenfolge herunterzunudeln.

Eigentlich hatte Rainer gedacht, dass er Diane fragen würde, ob sie nicht gehen sollten. Aber zu seinem Erstaunen bemerkte er, dass ihm an diesem Abend nichts die Laune verderben konnte. Nicht einmal diese miese, mit öligem Gesang angerichtete Konservenmusik.

Vielleicht lag es auch daran, dass Marlen tanzte. Sie war wie ein Sternenkind, das es vom Himmel herunter zu ihnen verschlagen hatte. Und nun schauten sie wirklich; die Augen all der ältlichen Erdlinge hingen wie gebannt an der kleinen Figur, die ganz allein auf der Tanzfläche stand und sich selbstvergessen im Takt drehte und wiegte.

»Bestellst du noch Wein, bitte?«, fragte Diane. »Und wie wär's, drehen wir auch eine Runde?«

Er ließ sich tatsächlich dazu überreden. Erst zu einem Walzer auf der (abgesehen von Marlen) noch völlig leeren Tanzfläche, dann sogar zu einer Samba, zu »Love is in the Air«. Ausgerechnet Samba, einer der lächerlichsten Paartänze, den er sich vorstellen konnte.

Später, als Marlen fest schlief, fielen sie ausgelassen und ein bisschen betrunken übereinander her.

»Es war ein toller Abend«, flüsterte Diane und schmiegte sich kichernd an ihn. »Hab ich eigentlich schon danke für die Einladung gesagt?«

Kurz vorm Einschlafen rollte sie sich noch einmal zu ihm herum und griff nach seiner Hand.

»Und Rainer – das mit morgen, das geht doch klar, oder?«

»Natürlich«, sagte er.

Samstag

Am nächsten Morgen vor dem Frühstück ging er mit Marlen herunter zum Hotelpool, wie er es versprochen hatte. Diane mochte Schwimmbäder nicht und war ihm dankbar, dass er das übernahm.

Der Pool war leer bis auf eine alte Dame, die schildkrötengemächlich ihre Bahnen durch das Becken zog. Sie trug eine weiße, mit rosa Blumen besetzte Badekappe und hielt den Kopf sorgsam über Wasser. Als sie Marlen sah, verzog sich ihr Gesicht, das einer verrunzelten Rübe ähnelte, zu einem entzückten Omalächeln.

»Ist das nicht das kleine Mädchen, die gestern Abend so schön getanzt hat?«, gurrte sie.

Marlen nickte artig. Die alte Dame drehte sich auf den Rücken, paddelte auf der Stelle und lächelte noch immer. »Magst du gerne schwimmen mit Papa, ja?«

Marlen nickte wieder. »Ja, sehr.« Sie sagte leiser zu Rainer: »Guck mal, ihr wachsen Blumen auf dem Kopf. Das sieht komisch aus.«

Er unterdrückte ein Grinsen. »Ja, es sieht komisch aus«, flüsterte er komplizenhaft zurück. »Aber pscht, red mal nicht so laut, sie kann dich hören.«

Er war sehr zufrieden mit sich selbst, als er mit Marlen die Stufen ins Becken hinunterstieg. Sie war so begeistert von allem, was er machte. Sie quietschte vor Vergnügen, als er sie an den Armen hinter sich her zog, sie auf seinen Schultern reiten ließ und sich auf den Rücken drehte und Wasser spie wie ein Walfisch. Er begriff nicht recht, warum die meisten Männer nichts mit Alleinerziehenden anfangen würden. Es war im Grunde doch so leicht.

»Wir müssen langsam mal wieder nach oben.« Er sah auf die Uhr.

»Och nein.« Marlen zog eine Schnute. »Nur noch ein bisschen.«

»Na gut«, sagte er. »Ein paar Minuten.«

Er rief Sigrid an, während Marlen fröhlich weiterplanschte. Heute Morgen war wieder eine Nachricht von ihr da gewesen, die ihn beunruhigt hatte. Nicht, dass sie das Ganze doch noch im letzten Moment cancelte.

Sigrid redete sofort los, als er sich meldete. Es war, als hätten sich all die erbitterten Wörter über Nacht in ihr aufgestaut wie in einer zum Platzen mit Galle gefüllten Blase, die er aufgestochen hatte. Und wieder ging es nur um Klaus, was Klaus gemacht hatte, nicht gemacht hatte, machen wollte oder hätte machen müssen. Und was sie denn nun bloß machen sollte.

»Wir können ja heute Nachmittag weiter darüber reden«, würgte er ihren Monolog irgendwann ab. »Es bleibt doch dabei, oder?«

»Das ist das einzige, was dich interessiert!«, rief sie wütend ins Telefon. »Dass deine Freundin diese verdammten Möbel kriegt. Ansonsten soll ich schön die Klappe halten und dir bloß nicht weiter auf die Nerven gehen, das ist es doch, was du denkst!«

»Nein«, sagte er betreten. »Natürlich nicht.« Nach kurzem Zögern setzte er hinzu: »Ich meine … Wenn du etwas anderes vorhast … Oder lieber nicht dabei sein möchtest … Ich habe ja noch den Schlüssel.«

»Das kann ich mir vorstellen, wie gut es dir in den Kram passen würde, wenn ich nicht da wäre«, fuhr sie ihn an. »Ich werde da sein, da kannst du Gift drauf nehmen.«

»Schön«, sagte er resigniert. »Dann also bis nachher.«

Es war seine Idee gewesen, Diane und Marlen zu einem Wochenende im Harz einzuladen und bei der Gelegenheit die Möbel anzuschauen, die ihm gehörten - ein Bett, ein Bücherregal, einen Schreibtisch. Die standen noch immer in der Wohnung, die er bis vor zwei Jahren mit Sigrid zusammen bewohnt hatte. Sigrid hatte schon einige Male damit gedroht, die Möbel auf den Sperrmüll zu werfen, wenn er sie nicht endlich abholen käme; sie wolle seinen Kram endlich aus der Wohnung haben, ganz und gar. Und so hatte er die Möbel kurzerhand Diane versprochen, die als selbständige Steuerberaterin noch in der Aufbauphase war und die Sachen gut gebrauchen konnte.

Gegen eins hielten sie vor dem Haus. Am liebsten wäre Rainer gleich wieder umgekehrt. Er klingelte unten. Der Summer ertönte. Er atmete sich ein letztes Mal Mut zu und drückte die Tür auf.

Die Wohnung lag im zweiten Stock. Die Wohnungstür stand einen Spalt weit auf. Von Sigrid keine Spur.

»Hallo?«, rief er zögernd. Diane hielt Marlen an der Hand und stand wartend hinter ihm. Er schob die Tür vorsichtig weiter auf und trat in den Flur.

»Wartet ihr mal kurz hier?«, sagte er zu Diane. Sie zog die Augenbrauen zusammen, sagte aber nichts.

Er rief Sigrids Namen. Keine Antwort. Einen Augenblick lang hatte er eine Horrorvision von Sigrid in der Badewanne, bis zum Kinn marinierend in rotem Saft, mit schlaffen, tropfenden, über den Rand der Wanne hängenden Armen, wie man es so oft in Filmen sah. Dann fiel ihm ein, dass es in dieser Wohnung gar keine Badewanne gab.

Sigrid hockte im Wohnzimmer am Computer (wartend, wie die Spinne im Netz, fuhr es ihm durch den Kopf) und drehte sich nicht zu ihm um, auch nicht, als er klopfte.

»Hast du mich nicht gehört?«, fragte er.

»Was erwartest du, ein Empfangskomitee?« Sie schwang sich auf ihrem Drehstuhl zu ihm herum.

»Nichts weiter als ein Minimum an Höflichkeit, wie es der Situation angemessen ist«, antwortete er. »Diane und Marlen stehen vor der Tür. Ich bitte sie dann jetzt mal herein.«

»Der Situation angemessen!« Sie war schon wieder in dieser wehleidigen, aggressiven Stimmung, die ihn immer ganz besonders hilflos gemacht hatte. »Du tust so, als wäre das alles hier eine ganz normale, alltägliche Sache. Dabei weißt du genau, dass es eine Zumutung für mich ist, was du da machst. Einfach diese Frau mit hierher bringen. In meine Wohnung.«

»Aber du warst doch einverstanden«, wandte er ein. Er wollte jetzt nicht davon anfangen, dass die Wohnung zur Hälfte auch ihm gehörte, nach wie vor.

»Einverstanden!«, ereiferte sie sich. »Du hast mich gefragt, ob ich einverstanden bin, aber das war nur pro forma. In Wahrheit spielte es doch gar keine Rolle, ob ich nun einverstanden bin oder nicht.«

»Nun sind sie aber einmal da«, sagte er. »Können wir das hier jetzt bitte zivilisiert hinter uns bringen.«

Ohne ihre Erwiderung abzuwarten, ging er zurück in den Flur. Diane stand noch immer vor der Tür.

»Es ist okay«, sagte er. »Kommt einfach rein.«

Er zeigte Diane die Möbel. Das Bett und der Schreibtisch standen im Schlafzimmer, das war einfach. Um das Regal zu sehen, mussten sie ins Wohnzimmer, wo Sigrid noch immer vor ihrem Computer saß. Er führte Diane hinter ihrem Rücken vorbei zu dem Regal.

»Schön«, sagte sie. »Gefällt mir. Es würde sehr gut in mein Arbeitszimmer passen.«

Sigrid war neben ihn getreten und vor Marlen in die Hocke gegangen.

»Schau mal«, sagte sie zu ihr. »Ich hab hier einen Gummiball für dich. Der leuchtet, wenn er auf dem Boden auftrifft.«

Sie ließ den Ball fallen. Marlen griff danach, als er wieder hochsprang.

»Gefällt er dir?«, fragte Sigrid. Marlen nickte. »Er leuchtet wirklich toll«, sagte sie.

»Du kannst ihn haben.« Sigrid hielt Marlen den Gummiball hin. »Bitte schön.«

»Danke«, sagte Marlen, nahm den Ball und ließ ihn wieder auf den Boden fallen. »Du bist nett.«

Sigrid richtete sich auf. »Ein reizendes Kind haben Sie«, sagte sie zu Dianc. »Ich wollte ja auch immer Kinder. Aber Rainer nicht. Und jetzt hat er eine Frau, die ein Kind hat. Witzig, nicht.«

Diane stand da, wusste nicht, was sie sagen sollte. Sie sah ihn hilfesuchend an.

Er räusperte sich. »Ich nehme die Möbel dann mit. Oder besser gesagt, ich lasse sie abholen. Du musst dich um nichts kümmern.«

»Und ich dachte, ich kann das jetzt alles behalten«, sagte Sigrid mit sehr heller Stimme.

Diane war einen Moment lang sprachlos.

»Ich glaube, ich warte lieber unten«, sagte sie dann. »Regel du das hier, Rainer.«

Sie nahm Marlen bei der Hand und ging. Er wollte ihr nach, besann sich aber.

»Was soll das?«, fragte er Sigrid. »Worum geht es hier eigentlich? Um ein paar Möbel, die du auf den Sperrmüll schmeißen wolltest?«

Sigrid sank auf das Sofa. Er setzte sich neben sie.

»Worum geht es hier eigentlich?«, wiederholte er.

Sigrid sah ihn nicht an. »Sie verachtet mich, deine Freundin.«

»Nein«, log er. »Wie kommst du darauf?«

»Sie hat ja Recht.« Sigrid hörte nicht auf ihn. »Warum schaffe ich es nicht einmal, einen Mann für mich alleine zu haben? Irgendetwas mache ich falsch.«

Er zögerte einen Augenblick, dann sagte er: »Diane meint … dass du dich mit zu wenig zufrieden gibst.«

»So, sagt sie das.« Sigrid sank in sich zusammen. Er nahm ihre Hand und tätschelte sie tröstend.

»Warum kommst du nicht zu mir zurück?« Sie klammerte sich an seine Hand und presste sie an ihre Wange. »Alles könnte doch noch gut werden.«

Er saß unbehaglich da; gerne hätte er seine Hand befreit, aber sie hielt sich daran fest wie eine Ertrinkende.

»Aber du selbst hast dich damals vor zwei Jahren doch von mir getrennt«, sagte er. »Du hattest einen anderen.«

»Du bist so ein Heuchler!« Sie zog ihre Hand weg, als habe er, statt sie zu nehmen und sie daran ins Rettungsboot zu ziehen, mit dem Ruder darauf geschlagen. »Ich habe mich von dir getrennt, weil das mit dir und Diane seit Monaten lief. Seit Monaten!«

»Soll das heißen, du hast es gewusst?« Er saß ungläubig da.

»Natürlich habe ich es gewusst.«

»Und du hast nie etwas gesagt … Sondern abgewartet, bis du einen anderen hattest.« Er stand auf. »Mir scheint, wir haben einander nichts vorzuwerfen. Dir nicht auch?« Er hatte ein schlechtes Gewissen, vielleicht, weil ihm ihr Geständnis als Vorwand, an diesem Punkt die Flucht zu ergreifen, so ungeheuer gelegen kam. Sie hatte ganz Recht, er war ein Heuchler. Er gab Empörung vor, die er nicht empfand. Er hätte sie verlassen, früher oder später; dass sie ihm zuvorgekommen war, hatte es so unendlich viel leichter für ihn gemacht. Und er würde sich hüten, sie das jemals wissen zu lassen.

Wie auch immer, er brauchte kein schlechtes Gewissen zu haben. Er war nicht schuld daran, dass ihre Ehe gekentert war und sie keinen Boden mehr unter die Füße bekam. Jedenfalls nicht allein schuld.

»Dann nimm doch deine Sachen und fahr zur Hölle!«, schrie sie ihm hinterher.

Er eilte die Treppen hinunter. Diane und Marlen saßen einander gegenüber auf dem Bürgersteig vor dem Haus und spielten mit dem leuchtenden Gummiball.

»Du bist noch da«, sagte er erleichtert. »Ich dachte schon, du wärst vielleicht ohne mich losgefahren.«

Sie warf ihm von unten einen feindseligen Blick zu. »Wäre ich auch fast«, sagte sie. Es war kein Scherz. Sie lächelte nicht dabei.

Sonntag

Er wachte auf mit dröhnenden Kopfschmerzen. Es war derselbe Wein wie am Freitagabend gewesen. Wohl nur zu viel davon. Viel zu viel. Dabei hatte er ihm nicht einmal mehr geschmeckt. Wein schmeckt nie, wenn man ihn aus Verzweiflung trinkt.

Er vertröstete Marlen, die gerne noch einmal mit ihm zum Pool gegangen wäre, auf ein anderes Mal. Diane sagte nichts. Immer noch nicht. Auch dazu nicht. Seit gestern Nachmittag hatte sie eigentlich gar nichts mehr gesagt. Da war nur dieser kalte Blick, immer wieder, mit dem sie ihn maß, auch jetzt. Unter diesem

Blick erstarb jeder Gesprächsversuch, den er unternahm, zu sinnlosem Gestammel.

Er hatte Diane noch nie so erlebt. Nie hätte er gedacht, dass ein Blick von ihr ihn so in die Knie gehen lassen könnte. Ihre gelegentlichen heftigen Unmutsausbrüche oder auch die kindlich-trotzigen Aktionen, mit denen sie ihm ihre Unabhängigkeit beweisen wollte, die konnte er handeln; er hatte sogar immer ein bisschen darüber gelächelt. Aber dieser Blick, der war ihm neu. Und unheimlich.

Sofort nach dem Frühstück brachen sie auf. Kurz nach Verlassen des Parkplatzes hielt Diane an.

»Ich habe es mir anders überlegt«, sagte sie. »Ich fahre direkt nach Hause.«

»Aber ihr wolltet doch noch zwei, drei Tage bei mir in Braunschweig verbringen«, wandte er ein. »Jetzt, wo Semesterferien sind.«

»Ich sagte ja, ich habe es mir anders überlegt. Du kannst mit zu uns nach Hamburg kommen und mit dem Zug zurückfahren, oder ich setze dich jetzt gleich in Braunschweig ab. Ganz wie du willst.«

Auf halbem Wege zwischen Hannover und Hamburg machten sie eine Pause auf einem Autobahnrastplatz.

»Wollen wir denn nicht noch etwas essen gehen?«, fragte er. Diane stand stumm an das Auto gelehnt, mit verschränkten Armen, und schaute vor sich auf den Boden. »Oder spazieren? Es ist so schönes Wetter.«

»Nein«, sagte sie, ohne aufzuschauen. »Ich habe noch zu arbeiten. Hab schon genug Zeit verloren durch diesen idiotischen Wochenendtrip.«

Er legte ihr den Arm um die Schultern. »Hör mal, ich kaufe dir neue Möbel.«

Sie machte sich steif und antwortete nicht.

»Okay?«, drängte er. »Es ist doch nicht so schlimm. Du kannst dir aussuchen, was du haben willst.«

Ihr Gesicht war noch immer so ausdruckslos wie ein glattpolierter Kieselstein. »Darum geht es doch gar nicht.«

»Worum dann?«

»Entweder du tust nur so, als hättest du keine Ahnung. Oder du weißt es wirklich nicht. Ersteres wäre unverschämt, letzteres bedenklich. Beides nicht gut.«

»Willst du bitte trotzdem so nett sein, mir auf die Sprünge zu helfen?«

»Du hast dich von deiner Ex-Frau nach Strich und Faden vorführen lassen. Darum geht es. Wobei – du bist ja nicht mal geschieden. Von wegen Ex-Frau.« Sie schüttelte seinen Arm ab. »Marlen, magst du ein Eis?«

Wieder auf der Autobahn setzte er zu einem großen Rettungsversuch an.

»Weißt du«, holte er aus, »es gibt in der Psychologie den sogenannten Rashomon-Effekt. Der bezeichnet das Phänomen, dass ein und dasselbe Ereignis von allen Beobachtern sehr unterschiedlich wahrgenommen wird, je nach ihren Motiven und Interessen. Oft sind ihre Wahrnehmungen sogar diametral entgegengesetzt.«

»Aha«, machte sie abfällig. »Der Herr Psychoprof mal wieder.«

»Für dich mag es ja so ausgesehen haben, als habe ich mich – Augenblick, wie war das – ach ja: vorführen lassen«, sagte er mürrisch. »Aber für Sigrid kann es sich ganz anders dargestellt haben. Nämlich so, als sei sie die Vorgeführte. Ist dir schon einmal der Gedanke gekommen, dass es verschiedene Wahrheiten geben kann, die man akzeptieren kann und sollte?«

»Ich stelle mich also nur an und soll Verständnis mit der bedauernswerten Sigrid haben. Das ist es doch, was du mir sagen willst.« Ihre Augen blieben stur auf die Fahrbahn vor ihnen gerichtet.

»Das ist deine Interpretation.«

»Und ist dir denn schon einmal der Gedanke gekommen, wie ein neutraler Beobachter dein Verhalten gegenüber Sigrid interpretieren könnte? Als illoyal vielleicht?«

»Das wäre dann die Wahrnehmung dieses betreffenden Beobachters und ebenso legitim wie jede andere auch.«

»Du hast mich voll auflaufen lassen, damit deine Ex Ruhe gibt.«

Sie schlug mit der Faust aufs Lenkrad. »Was gibt es da groß herumzudeuten. Lass mich bloß in Ruhe mit deinem Rasho-Dingsbums-Effekt.«

Auf den nächsten Kilometern versuchte er, sich eine neue Strategie zurechtzulegen. Dianes Ärger hatte sich so breit gemacht, dass kaum noch Luft zum Atmen im Auto blieb.

»Du möchtest also einen Loyalitätsbeweis«, sagte er schließlich. »Ich verstehe. Warum ziehst du nicht mit Marlen zu mir? In meiner Wohnung ist doch Platz genug.«

Sie warf ihm einen kurzen, irritierten Blick von der Seite zu. »Inwiefern würde das deine Loyalität mir gegenüber beweisen?«

»Es würde immerhin zeigen, wie ernsthaft meine Absichten sind.«

»Es hätte andere Gelegenheiten gegeben, zu zeigen, wie ernsthaft deine Absichten sind.« Er wusste, jetzt würde sie irgendetwas hervorkramen, etwas Unangenehmes, das er schon längst vergessen hatte, sie aber nie vergessen würde, und kroch innerlich in sich zusammen. »Ostern zum Beispiel. Als die Krippe eine Woche lang geschlossen war und ich so viel zu tun hatte. Du hattest gesagt, du würdest kommen und auf Marlen aufpassen. Ich hatte fest mit dir gerechnet. Und was war? Du bist einfach nicht gekommen. Ohne meine Eltern wäre ich aufgeschmissen gewesen.«

»Es war immer nur die Rede von Babysitten«, sagte er verstimmt. »Da hatte ich dann wohl keine rechte Lust mehr.«

»Eben.« Sie zuckte die Achseln. »Genau das meine ich. Ein bisschen Familie light, das ist es, was du gerne hättest. Aber dafür ziehe ich bestimmt nicht nach Braunschweig.«

Den Rest des Sonntags versuchte er, sie wieder milder zu stimmen. Er verschwand in der Küche und durchsuchte die Schränke nach etwas, woraus sich ein Mittagessen zusammenstellen ließ. Nachmittags ging er mit Marlen auf den Spielplatz. Jetzt, wo Diane ihn mit eisiger Missachtung strafte, war er für Marlens Zuneigung noch viel dankbarer.

Marlen saß auf der Schaukel und zeigte ihm, dass sie inzwischen niemanden mehr brauchte, der sie anschubste, als Sigrid anrief. Er überlegte kurz, nicht ranzugehen, tat es dann aber doch.

»Was willst du?«, sagte er barsch. »Bitte fass dich kurz, es ist gerade ungünstig.«

»Es wird nicht lange dauern«, sagte sie. »Ich wollte mich entschuldigen. Für gestern.«

»So?« Ihre Stimme klang bestürzend kleinlaut. So hatte er sie noch nie gehört.

»Ich habe mit Klaus darüber gesprochen. Er meinte auch, ich hätte mich nicht richtig verhalten. Also, es tut mir leid. Die Möbel kannst du selbstverständlich abholen, es sind im Grunde ja wirklich deine.« Sie machte eine Pause. »Warum sagst du nichts?«

Er wusste nicht, was er sagen sollte. Er räusperte sich. »Schon gut«, murmelte er. »Schön, dass Klaus noch vorbeigekommen ist und ihr ein gutes Gespräch hattet.«

»Ich muss Schluss machen«, sagte sie.

»Ach, er ist noch da?«

»Ja. Er kann sogar über Nacht bleiben.«

»Na dann«, verabschiedete er sich hastig, »viel Vergnügen. Und schöne Grüße.«

»Wer war das?«, fragte Marlen, als die Schaukel zum Stillstand gekommen war.

»Das war die Frau, bei der wir gestern zu Besuch waren. Die dir den Gummiball geschenkt hat.«

»Ach so.« Marlen nickte. »Und, hat Mami dich jetzt wieder lieb?«

Abends, als Marlen im Bett war, erzählte er Diane von Sigrids Anruf.

»Ach.« Sie sah ihn mit spitzem Blick an. »Dann ist deine feine Rashomon-Theorie ja jetzt geplatzt. Offensichtlich gibt es doch so etwas wie eine objektive Wahrheit. Die für einen objektiven Beobachter auch durchaus als solche wahrnehmbar ist.«

Er ließ ihre Attacke ins Leere laufen. »Soll ich dann gleich morgen den Transport zu dir arrangieren?«

Sie zögerte kurz. »Ehrlich gesagt fände ich es, wenn ich recht überlege, inzwischen sogar besser, wenn du mir neue Möbel kaufst. Viel besser sogar.« Ihre Augen leuchteten auf. »Pass auf, wir kaufen sie auf meinen Namen. Dann kann ich sie von der Steuer absetzen. Zumindest das Regal und den Schreibtisch. Büroeinrichtung.«

Er wagte einen letzten, schwachen Protestversuch. »Schade … Ich hatte gehofft, meine alten Sachen vor dem Sperrmüll retten zu können.«

»Deine Nostalgie in allen Ehren, aber neue Möbel sind für dich im Endeffekt viel preisgünstiger. Denk doch mal dran, was dich allein der Transport hierher kosten würde«, sagte sie ungerührt. »Und ich glaube, ein schönes neues Bett würde mich für so manches versöhnen. Ist das denn nicht auch was wert?«

»Na gut.« Er gab seinen Widerstand auf. Sie hatte gewonnen und wusste es.

»Und, Rainer - über Braunschweig reden wir dann noch mal.« Ihr Gesicht kam ganz nahe, wie eine wärmende, lebensspendende Sonne. »Wenn du erstmal geschieden bist.«

Katja davaj

Als ich an diesem Morgen in die Küche kam, saß Serjoscha schon beim Frühstück, dicht über seine Schüssel mit Brei gebeugt.

»Guten Morgen«, sagte ich munter.

»Morgen«, murmelte er, fuhr fort, den Brei in sich hineinzuschaufeln, und sah mich abweisend an.

Ich ließ mich auf den Küchenstuhl ihm gegenüber fallen.

Er aß weiter, wobei er den Blick hartnäckig gesenkt hielt. Erst als er den Brei bis auf den letzten Rest in sich hineingeschlungen hatte, schaute er wieder auf, vermied es aber, mich noch einmal anzusehen.

Er stellte die Schüssel in die Spüle, ließ Wasser hineinlaufen und packte das Messer, das auf dem Küchentisch lag. Ich beobachtete ihn, wie er zuerst fingerdicke Scheiben Brot und dann ebenso dicke Scheiben von der Wurst absäbelte. Er klatschte die Wurst auf das Brot, klappte es zusammen und schlug die Zähne mit wütender Feindseligkeit hinein. Zwischendurch schlürfte er seinen Tee und stellte die Tasse so heftig ab, dass sich eine Pfütze bildete.

»Schneidest du mir auch eine Scheibe Brot ab?«, fragte ich. »Aber nur halb so dick, bitte.«

Abrupt hob er den Kopf und starrte mich an.

»Katj!« Seine Stimme klang beinahe flehend. »Warum bist du schon auf?«

»Ich bin Frühaufsteher, das weißt du doch.«

»Kannst du nicht wieder ins Bett gehen?«

»Seit wann hast du denn etwas gegen meine Gesellschaft?«

»Ich will nicht, dass du hier sitzt und mich anglotzt! Du störst mich. Geh weg!«

Ich zuckte nur die Schultern und goss mir eine Tasse Tee ein.

Ihm fiel nichts mehr ein, was er noch hätte sagen können, er schnitt bloß eine garstige Fratze und stopfte weiter das Wurstbrot in sich hinein.

Ich stand auf und ging die paar Schritte zum Küchenfenster, von wo aus man auf die Straße sehen konnte. Mit dem Rücken zu ihm stand ich da, und ich wusste, dass seine Augen auf mich geheftet waren und sich in meine Schultern bohrten.

Plötzlich war er hinter mir. Er konnte sich sehr geräuschlos bewegen, wenn er wollte.

»Katj!« Ein drängendes Flüstern an meinem Ohr.

Ich tat, als ob ich nichts gehört hätte.

Er griff mit der ganzen Vehemenz seiner knapp fünfzehn Jahre nach meinem Arm und drehte mich zu sich herum. Er stand vor mir, sein Gesicht auf gleicher Höhe mit meinem, und starrte mich an, ohne zu blinzeln. Dieser Blick. Riesige, runde Kinderaugen.

»Katja!« Sein Atem war heiß und roch nach Wurstbrot und Tee. Sein Gesicht war jetzt ganz dicht vor meinem. Ich wich einen Schritt zurück.

»Serjoscha, lass meinen Arm los. Das tut *weh*.«

Er zog sofort seine Hand zurück, starrte mich aber weiterhin an. Ich versuchte es mit einem freundschaftlichen Knuff. »Jetzt guck mich nicht so an, da kann einem ja angst und bange werden. Was ist denn nur los mit dir?«

Ich befreite meinen Arm und machte Anstalten, aus der Küche zu gehen, aber er griff wieder nach meinem Handgelenk.

»Katja – ist alles klar mit dir?«

»Natürlich, warum auch nicht.«

»Also wirklich alles klar?«

»Ja, ja, nun beruhig dich doch, es ist alles in Ordnung.«

»Na gut. Ich dachte nur – wegen letzter Nacht ...«

Schritte näherten sich; das war Saida. Wir fuhren auseinander. Als sie die Küche betrat, schoss Serjoscha an ihr vorbei und schloss sich im Bad ein.

»Du liebe Güte, was hat denn den gebissen?« Saida sah ihm kopfschüttelnd hinterher und tippte sich an die Schläfe. »Beinahe hätte er mich umgerannt.«

Sie gähnte, rieb sich die Augen und schlurfte zum Herd.

»Na, wenigstens hat er noch Brei übriggelassen, dieser Vielfraß. Warum sitzt du bloß morgens in der Küche und frühstückst mit ihm? Ich würde ihm nicht freiwillig beim Essen zusehen, er frisst ja wie ein Schwein.«

»Ach, halb so schlimm. Ich bin nun mal wach, da kann ich auch mit ihm frühstücken.« Ich grinste und fügte hinzu: »Auch wenn es ihm auf die Nerven geht.«

»Das glaube ich nicht. Er ist völlig vernarrt in dich, das sieht doch jeder. Du könntest dir bei ihm alles erlauben.«

Es war gut, dass sie mir den Rücken zuwandte in diesem Moment. Mir sieht man immer alles so am Gesicht an.

Saida gähnte noch einmal und schüttelte sich. »Ich kann nichts essen, brr.« Sie stellte den Breitopf auf den Herd zurück, setzte sich mir gegenüber, auf den Platz, wo Serjoscha vorher gesessen hatte, und fing an, mit einem Brotrest herumzuspielen, den er liegengelassen hatte.

»Aber mal ehrlich, zwischen euch ist wirklich die große Liebe ausgebrochen«, zog sie mich weiter auf. »Er läuft hinter dir her wie ein Hündchen. Was hast du nur mit ihm angestellt?«

Nein, dachte ich, sie hat keine Ahnung. So würde sie sonst nicht reden, nie im Leben.

»Vielleicht hat er das Gefühl, dass ich ihn ernstnehme«, sagte ich.

Saida machte eine wegwerfende Handbewegung.

»Ich begreife nicht, wie du dich stundenlang mit ihm beschäftigen kannst. Was redet ihr nur die ganze Zeit? Und außerdem nuschelt er so grässlich, verstehst du überhaupt, was er sagt?«

»Ich geb mir Mühe.«

»Wenn er dich langweilt – du musst dich nicht mit ihm abgeben, das weißt du ja wohl, oder?«

»Er langweilt mich aber nicht. Ganz im Gegenteil. Ich finde es interessant, welche Probleme ihn so beschäftigen.«

Saida verdrehte die Augen.

»Was kann Serjoscha schon für Probleme haben? Er hat es wirklich gut, für einen russischen Jungen. Hat ein eigenes Zimmer, und das in seinem Alter, kann den ganzen Tag rumhängen, sogar Taschengeld bekommt er noch obendrein. Und was macht er? Klimpert dauernd nur auf der Gitarre rum, dabei sollte er mal lieber seine Hausaufgaben machen.«

»Aber er hat wirklich Talent.«

»Kann ja sein, aber dafür kann er sich später auch nichts kaufen. Wir sind hier nicht in Deutschland, Katjuscha. Hier gibt's nun mal kein Sozialamt, bei dem man die Hand aufhalten kann, wenn man nichts auf die Reihe kriegt. Meine Eltern erwarten ja schon gar nicht mehr, dass er es auf die Uni schafft, aber wenn seine Noten so miserabel bleiben, nehmen sie ihn nicht mal an der Berufsschule. So kann das nicht weitergehen. Mam hat neulich erst wieder gedroht, ihm die Gitarre wegzunehmen, wenn er nicht endlich mal anfängt, was zu tun.«

»Ich glaube kaum, dass das helfen wird.«

»Aber er braucht wirklich mal einen Tritt in den Hintern!« Sie schüttelte den Kopf. »Er ist so was von stinkfaul. Ich hatte in seinem Alter schon längst meine ersten Nachhilfeschüler und verdiente mir mein Taschengeld selber. Ich weiß auch nicht, manchmal glaube ich nicht mehr daran, dass aus ihm noch mal was wird. Meine Eltern verwöhnen ihn einfach viel zu sehr.«

Saida knabberte noch eine Weile an dem Brot herum, dann warf sie es mit einem Naserümpfen beiseite und schenkte mir einen schmachtenden Augenaufschlag.

»Ich geh mich fertigmachen, Katja«, zirpte sie. »Kommst du mit?«

Offensichtlich war sie in Stimmung für einen ihrer kleinen Auftritte, an denen wir beide immer unseren Spaß hatten, sie in der Rolle des Stars und ich in der des bewundernden Publikums. Heute Morgen ging es mit einer Striptease-Parodie los, ihrer Lieblingsnummer. Sie musste sich das irgendwo abgeguckt und heimlich geübt haben, denn sie machte es wirklich gut. Besonders charmant an ihrer Darbietung war, dass sie es zwar sichtlich genoss, sich ein bisschen zur Schau zu stellen, aber gleichzeitig auch immer etwas verlegen dabei war. An sich war sie sehr schamhaft. Und auch diesmal war sie am Ende natürlich nicht *ganz* nackt unter ihrem Pyjama.

Es folgte Teil zwei der Show, das Anziehen. Unter Hüftgewackel, gezierten kleinen Seufzern und neckischem Wimpernklappern wurden mehrere Kleidungsstücke hervorgeholt, anprobiert und mit einem geringschätzigen »Fuuh!« wieder zur Seite gefeuert. Sie entschied sich schließlich für ein langes, hellgraues Kleid, gerade, als ich anfing, darüber herumzusinnieren, warum manche Frauen immer herumjammern, dass sie nichts anzuziehen haben, obwohl ihre Kleiderschränke aus allen Nähten platzen.

»Gefällt es dir, Katja?«

Ich klatschte Zwischenapplaus. Das gehörte mit zum Spiel. Abgesehen davon gefiel mir das Kleid auch wirklich, an ihr jedenfalls. Oder vielleicht gefiel mir auch nur, dass sie sich so in meinem Beifall sonnte, das konnte gut sein.

Nun, da ihr zartes Körperchen seine passende Umhüllung gefunden hatte, ging das Schminken und Frisieren ganz fix. Binnen weniger Minuten hatte sie es geschafft, auch die letzte Spur von Unausgeschlafenheit aus ihrem Gesicht wegzuzaubern und den von der Nacht zerdrückten Kurzhaarschnitt mit ein paar Handgriffen in Form zu bringen. Sie war bereit für das glanzvolle Finale. Kokett warf sie sich in Pose, stolzierte ein paarmal vor mir auf und ab und ließ den bis an die Knie reichenden Schlitz ihres Kleides aufblitzen.

»Wie sehe ich aus?«, wollte sie wissen.

»Bezaubernd«, sagte ich und meinte es auch so. Sie erinnerte mich an ein frisches, blankpoliertes Äpfelchen. Das sagte ich ihr aber nicht, sie hätte es falsch verstehen können.

Zufrieden warf sie mir eine Kusshand zu. »Danke, Katja.«

Jetzt war sie in Eile. Hastig verstaute sie ein paar Sachen in ihrer Tasche, spitzte ein letztes Mal das Mündchen vor dem Spiegel, um sich zu vergewissern, dass der Lippenstift auch nicht verlaufen war, und mit einem letzten, in meine Richtung gehauchten Kuss flatterte sie aus dem Zimmer.

Wenig später hörte ich auf dem Flur die verschlafene Stimme von Frau Garajeva.

»Serjoscha! Wieso bist du noch nicht los? Mach, dass du zur Schule kommst!«

»Wir haben heute die erste Stunde frei!«

»Das kenn ich schon, deine freien ersten Stunden. Los, setz dich in Bewegung, aber zack zack, und vergiss nicht, nach der Schule einzukaufen. Wir brauchen Brot und Wurst, aber Wurst nimm nur, wenn sie gute haben. Ach ja, und Tee noch, denk dran, nicht die Sorte von letztem Mal, die mochte dein Vater nicht, und dann liegt er einem in den Ohren damit, bis der Beutel endlich alle ist. Geld hab ich dir auf den Wohnzimmertisch gelegt!«

Serjoscha knurrte etwas Unverständliches; die Wohnungstür wurde zugeknallt. Seine polternden Schritte waren noch einen Moment lang zu hören, als er die Treppe hinunterraste, dann war ich allein mit Frau Garajeva.

Ich saß an Saidas Schreibtisch und lauschte. Anna Michailovnas Schritte schlappten über den Fußboden in Richtung Küche. Ich hörte, wie sie das Wasser für den Tee aufsetzte und den kleinen Fernseher auf dem Kühlschrank einschaltete.

Mit einem Gefühl des Widerstrebens ging ich zurück in die Küche. Ich wäre ihr heute Morgen lieber nicht begegnet.

»Anna Michailovna, guten Morgen.«

Frau Garajeva nickte mir zu und machte eine auffordernde Handbewegung.

»Katja! Guten Morgen. Setz dich. Der Brei ist gleich heiß. Und hier ist frischer Tee.«

Ich setzte mich.

»Hast du schon gefrühstückt?«

»Nein, nicht so richtig.«

»Umso besser. Dann frühstückst du jetzt mit mir.«

Sie stand vor dem Herd und rührte den Brei energisch durch, wobei sie unentwegt gähnte. Sie trug Pantoffeln und einen rosa geblümten Morgenmantel. Ihr fülliger Körper unter dem Frotteestoff wirkte schwer und kompakt, ihre Bewegungen aber waren flink wie die eines jungen Mädchens. Unter dem schütter werdenden kurzen Haar war ihr rundes Gesicht noch sehr glatt.

Der Brei fing an, glucksende Blasen zu werfen. Sie füllte mir eine beachtliche Portion auf den Teller.

»Oh, nicht so viel.«

»Iss.« Mit der ganzen Autorität der russischen Matrone, deren allererste Sorge es immer ist, dass auch ja alle gut gefüttert werden, und wenn die Welt rundherum in Trümmer geht, stellte sie mir den Teller hin. »Ich muss mich natürlich zurückhalten, aber du – iss. Kannst ruhig ein bisschen runder werden. In Russland mögen die Männer weibliche Formen.«

Sie setzte sich zu mir.

»Haben Sie gut geschlafen?«

»Ja, danke, tief und fest. Nun, sehen wir die letzte Folge zusammen?«

Dies war eine Feststellung, keine Frage. Selbstverständlich sahen wir die »letzte Folge« zusammen. Nie versäumte sie die neueste Fortsetzung der aktuellen Telenovela, und ebenso wenig versäumte sie es, mich jeden Morgen wieder dazu aufzufordern, mich ihr anzuschließen. Wir beide hatten uns mittlerweile an dieses kleine freundschaftliche Ritual gewöhnt. Es war ihre Art, mir zu verstehen zu geben, dass sie mich mochte; und ich konnte auf diese Weise in ihrer Nähe sein, ohne ständig ihren einschüchternden Fragen ausgesetzt zu sein.

Während des Fernsehens war sie durch nichts von dem Geschehen auf dem Bildschirm abzulenken.

»Nimm noch Brot, Katja«, sagte sie während einer Werbepause mit vollem Mund. »Der Käse ist auch nicht ganz so schlecht.«

»Ja.« Ich nahm noch mal Brot.

»Ist das nicht ein Unsinn!« Immer noch kauend deutete Frau Garajeva in Richtung Fernseher. »Kann man sich so was vorstellen, diese dumme Pute Olivia will Fernando nicht heiraten, obwohl er der einzig annehmbare Kandidat weit und breit ist. Er hat Geld, er ist ein anständiger Mensch, sie hätte ein gutes Leben bei ihm. Was will sie mehr?«

»Ach so.« Ich begriff nicht sofort, wovon sie sprach. »Aber wenn sie ihn nun mal widerwärtig findet. Vielleicht will sie doch lieber einen Mann, der ihr auch *gefällt*.«

»Gefallen!« Sie winkte verächtlich ab. »Das hält nicht lange vor. Man heiratet, man gewöhnt sich aneinander, das ist alles.«

»Ich glaube, wenn das so ist, kann ich mir auch was Besseres vorstellen.«

»Für eine Frau gibt es nichts Besseres, als zu heiraten, und es liegt auch in der Natur der Frau, dass sie heiraten will.« Geräuschvoll schlürfte sie ihren Tee. »Oder etwa nicht? Wollen die Frauen in Deutschland nicht heiraten?«

Bevor ich die russischen Worte zusammengesucht hatte, die für eine Antwort nötig gewesen wären, war die Werbepause zu Ende, und sie vergaß mich.

Ich betrachtete ihre unerschütterliche Miene, die gelassenen grauen Augen und die ruhige Stirn. Wie immer, wenn ich sie so ansah, kam mir der Gedanke, dass die Welt für Frau Garajeva sehr einfach sein musste. Man tat etwas, weil es notwendig oder vernünftig war; war es das nicht, tat man es auch nicht.

Ich fragte mich auch diesmal wieder, ob sie schon immer so gewesen war. Und was wohl geschehen würde, wenn jemand in ihrem Herrschaftsbereich es wagen sollte, sich gegen diese Regel aufzulehnen.

»Das war's für heute. Das machen die wirklich schlau, immer ist Schluss, wenn man unbedingt wissen will, wie's weitergeht.«

Frau Garajeva stellte den Fernseher leiser. »Ich mache mich jetzt fertig und fahre raus zur Datscha. Ich muss mich um die Bohnen kümmern, hoffentlich haben sie uns nicht wieder was geklaut. In letzter Zeit wird alles gestohlen, was nicht niet- und nagelfest ist. Was hast du denn heute vor?«

»Ich weiß noch nicht so recht.«

»Na, den Schlüssel hast du ja, ansonsten kommt Serjoscha um eins aus der Schule zurück, dann ist jemand da, der dir die Tür aufmachen kann. Zu Mittag könnt ihr euch Borschtsch warm machen, und Frikadellen mit Kartoffeln sind auch noch da.«

»Kann ich sonst noch was besorgen?«

»Nein, das macht Serjoscha schon, ich hab ihm Geld gegeben.«

Sie verschwand in ihrem Schlafzimmer, um sich umzuziehen. Ich wartete in der Küche.

Die Bohlen haben gequietscht, dachte ich. Und Serjoschas Zimmertür schließt so laut. Aber wenn sie tief und fest geschlafen hat ...

»So.« Frau Garajeva hatte das Fahrrad vom Balkon geholt und befestigte den Korb auf dem Gepäckträger. »Ich fahre jetzt los.«

Sie trug graue Jogginghosen mit Gummizug, Turnschuhe und ein T-Shirt, auf dessen Vorderseite der Name eines amerikanischen Baseballteams aufgedruckt war.

Sie zurrte die Riemen fest, mit denen der Korb am Gepäckträger festgebunden war. »Na, das sollte halten.«

Kopfschüttelnd betrachtete sie sich von der Seite im Spiegel.

»Ich bin schon wieder dicker geworden. Ich weiß nicht, was ich noch machen soll. Weniger essen kann ich nicht, dazu esse ich zu gerne.« Sie wiegte sich hin und her und zuckte schließlich die Achseln. »Da kann man nichts machen. Ist wohl Veranlagung. Und dabei habe ich doch wirklich viel Bewegung. Nur gut, dass es bei mir nicht mehr drauf ankommt. Arif muss ich nicht mehr becircen, und wenn er anderen Frauen hinterherguckt, meinetwegen, soll er doch.«

Sie sah mich belustigt an.

»Nun sei mal nicht schockiert, Katja, so sind die Dinge. Warum sollte ich dir das nicht sagen, du bist erwachsen, und du weißt, welche Meinung ich von dir habe, nämlich eine sehr gute. Ich will meine Ruhe, also kann ich auch nichts dagegen sagen, wenn er sich mal anderweitig vergnügt. Arif ist ein Mann im kritischen Alter, er braucht das im Moment. Aber essen tut er zu Hause. Und essen ist für einen Mann auf die Dauer wichtiger, auch wenn er das nicht wahrhaben will, hühü.« Sie kicherte, und kleine Grübchen erschienen in ihren runden Wangen. »Du wirst das auch noch sehen, wenn du erstmal verheiratet bist.«

Frau Garajeva setzte sich ein mit Blumen bedrucktes Hütchen auf. »Das muss sein, bei meinen paar Haaren verbrenne ich mich bei der Hitze sonst sofort.«

»Soll ich Ihnen nicht doch helfen, das Fahrrad herunterzutragen?«, fragte ich. Zu gerne hätte ich ihr einen Gefallen getan, irgendeinen. Vielleicht hätte das gegen den Kloß geholfen, den ich mit einem Mal im Hals verspürte.

»Nein, vielen Dank, das schaffe ich schon.« Sie strich mir mit dem Handrücken flüchtig über die Wange und nickte mir zum Abschied noch einmal zu. »Mach's gut und viel Spaß heute.«

Die Tür fiel hinter ihr zu. Ich stand am Küchenfenster und sah zu, wie Anna Michailovna unten auf der Straße auf ihr Fahrrad stieg und davonradelte. Dann machte ich den Abwasch, ging langsam in Saidas Zimmer und warf mich auf mein Bett.

Es war zehn Uhr. In drei Stunden würde Serjoscha aus der Schule kommen. Ich drehte mich auf den Bauch und vergrub das Gesicht im Kopfkissen.

Serjoscha. Saidas kleiner Bruder.

Die ganze Sache hatte vor einem halben Jahr angefangen. Ich war damals für ein Semester als Austauschstudentin an der Universität, und die Garajevs hatten mich aufgenommen. Ich wohnte schon seit über drei Monaten bei ihnen, als ich bemerkte, dass Serjoscha ganz offensichtlich meine Nähe suchte, unbeholfen und linkisch, wie Jungs in dem Alter so sind. Er knuffte mich oder versuchte, sich mit mir herumzubalgen, sobald er sich unbeobachtet glaubte. Wenn andere dabei waren, tat er so, als ob er nichts von mir wissen wollte. Dann war es ihm unangenehm, wenn ich ihn ansprach oder neckte. Er starrte mich böse an, rückte von mir ab und schlug sogar nach mir.

»Warum lässt du mich nicht in Ruhe?«, fuhr er mich an. »Mam, sag ihr, sie soll von mir wegbleiben!«

Manchmal stand er auch wie aus dem Erdboden gewachsen plötzlich vor mir, ohne ein Wort zu sagen, und starrte mich an, mit riesigen, schwarzen Kinderaugen, unbewegt.

»Serjoscha! Hast du mich erschreckt! Ich bin fast in Ohnmacht gefallen!«

Seine Augen bohrten sich in meine. Er sagte nichts. Er stand nur da.

»Das wird mir jetzt aber wirklich zu dumm! Lass diese Kindereien!«

Sein Blick brannte auf meinen Wangen, bis ich es nicht mehr aushielt und wegschaute.

»Starr mich nicht so an ... Das ist unverschämt.«

An anderen Abenden saßen wir stundenlang allein in der Küche, tranken Tee und führten komische Gespräche, oft mit Händen und Füßen.

»Ich bin der Familientrottel«, sagte er mit finsterer Miene.

»Das bildest du dir nur ein.«

»Nein, Katja, das ist so. Meine Eltern haben Recht. Ich bin faul, dumm, unbegabt und bringe nichts zustande. Meine Schwester dagegen ...«

»Aber das ist doch Quatsch.«

»Nein, ist es nicht.« Er schüttelte mit großer Ernsthaftigkeit den Kopf. »Und außerdem ekeln sich alle vor mir.«

»Warum das?«

»Weil ich dieses scheußliche Ding habe.«

Er hielt seine rechte Hand hoch und verzog das Gesicht zu einer Grimasse des Abscheus. Der kleine Finger der rechten Hand war verstümmelt, nur noch ein spitzer, steifer Stummel, über den längs eine breite, bläuliche Narbe verlief.

»Oh je. Was ist das?«

»Ich hatte einen Unfall mit dem Messer. Papa hat mich ins Krankenhaus gebracht, und das ist das, was von meinem Finger übriggeblieben ist.« Er schnaubte und rollte wild die Augen. »Papa sagt immer, da hätten sie den Finger auch gleich ganz abschneiden können, dann müsste ich wenigstens nicht zur Armee.«

Er krümmte den Stummel; es sah grausig aus. Lauernd blickte er mir ins Gesicht.

»Ich ekele mich nicht vor dir.«

»Nein?«

Er bewegte die Hand auf mich zu und hielt den Fingerstumpf direkt vor meine Augen. Dann strich er mir langsam über die Wange damit. Ich hielt still.

»Grässlich, was? Kannst es ruhig sagen.«

Ich schüttelte den Kopf.

Er zog den Finger wieder zurück, ohne ein Auge von mir zu lassen.

Ich musste daran denken, was Arif Karimovitsch, sein Vater, mir eines Abends, als wir noch spät alleine im Wohnzimmer saßen, anvertraut hatte.

»Ich glaube manchmal, ich liebe Serjoscha mehr als Saida«, hatte er mit einem feinen Lächeln gesagt. Der Ausdruck seiner schwarzen aserbaidschanischen Augen war dabei noch melancholischer geworden. »Ich weiß, dass das nicht richtig ist, aber ich kann nicht anders. Vielleicht, weil man das schwächere Kind immer mehr liebt als das stärkere, meinst du nicht, Katj?«

Die Augen hatte Serjoscha von seinem Vater geerbt. Sie waren richtig schön. Wie schwarze Kirschen.

»Magst du mir noch etwas auf der Gitarre vorspielen?«, fragte ich ihn.

Stundenlang hockten wir in schönstem Einvernehmen in seinem Zimmer, und er spielte für mich Gitarre, ganz versunken darin, nur ab und zu sah er misstrauisch auf, wie um sicherzugehen, dass ich noch da war.

Mein Aufenthalt neigte sich dem Ende zu, als sich Serjoscha eines Abends, in einem vollbesetzten Kleinbus auf der Fahrt nach Hause, völlig unvermittelt zu mir umwandte, mich sehr bestimmt zu sich heranzog und seine Lippen mit verzweifelter Entschlossenheit auf meine drückte. Niemand beachtete uns, alle starrten vor sich hin oder in das heftige Schneetreiben, das draußen herrschte. Saida, die den Platz ganz vorne neben dem Fahrer hatte, drehte uns den Rücken zu.

Einige Sekunden lang saß ich nur da, zu verblüfft, um auch nur einen Finger rühren zu können. Dann stieß ich ihn von mir weg.

»Bist du verrückt geworden?«, zischte ich.

Er starrte mich nur an.

»Mach das nie wieder, hörst du!«

Er drehte den Kopf weg und sah hinaus, in die Dunkelheit und die dicken Schneeflocken, die gegen die Fensterscheibe gewirbelt wurden und dort ihre langen, streifigen Tränenbahnen zogen. Er tat mir leid, und ich hätte ihn gern getröstet. Aber da war auch noch etwas anderes. Ich betrachtete ihn verstohlen von der Seite, und ich wusste, dass ich von nun an den schwarzen Flaum über seiner Oberlippe, das schimmernde Weiß seiner Zähne und das brennende Rot seines Mundes mit anderen Augen sehen würde als vor diesem Abend.

Serjoscha musste da schon gewusst haben, dass das letzte Wort in dieser Angelegenheit noch nicht gesprochen worden war.

Drei Tage blieben ihm noch, bis ich abreisen würde. Er hatte nicht mehr viel Zeit. Aber er wartete geduldig ab, bis seine Chance kam.

Am vorletzten Nachmittag war die Gelegenheit da. Seine Eltern waren bei der Arbeit, Saida in der Uni; er hatte mich für sich allein.

Es dauerte nicht lange, und er hatte mich dazu gekriegt, mich doch wieder auf einen dieser spielerischen Ringkämpfe einzulassen, die wir auch früher schon miteinander ausgefochten hatten.

Aber das Spiel war zu Ende, ein für allemal, das spürten wir beide, und es half nichts, dass ich zuerst noch versuchte, so zu tun, als bemerkte ich es nicht. Serjoscha raufte verbissen mit mir, er griff hart und so gezielt zu, dass es kein Versehen sein konnte. Schon nach kurzer Zeit keuchten und schwitzten wir beide vor Anstrengung, er bedrängte mich immer erbitterter, und mir war klar, dass ich der Sache ein Ende setzen musste.

Als seine Hände sich unter meinen Pullover stahlen und mir das Unterhemd hochzogen, riss ich mich schließlich los.

»He, Schluss jetzt! Das geht zu weit!«

Er sah mich verstört und ein wenig benommen an.

»Warum? Katj!«

»Nichts Katj, das hier geht zu weit, sage ich.«

Er sagte nichts mehr, und ich dachte schon, dass er es aufgegeben hatte. Aber da tasteten sich seine Finger, die ich beiseite gestoßen hatte, wieder vorwärts.

Sein Mund näherte sich meinem. Und diesmal stieß ich ihn nicht weg.

Zur Besinnung kam ich erst wieder, als er sich irgendwann ganz plötzlich von mir losmachte und sich sein T-Shirt über den Kopf zog. Da stand er nun, regungslos und ergeben wartend. In mir zog sich alles vor Rührung zusammen, als ich seine glatte Jungenbrust und die noch so kindlich gerundeten Schultern sah.

»Serjoscha, nein. Das geht nicht.«

»Aber warum nicht?« Er ließ den Kopf hängen. »Magst du mich denn nicht?«

»Du weißt doch, dass ich dich mag ... Aber ich kann das nicht machen!«

»Warum nicht?«

»Du bist noch ein Kind!«

»Ich bin kein Kind mehr!« Er griff nach meiner Hand und führte sie hinunter, zu der deutlich sichtbaren Ausbuchtung in seiner Hose. »Hier, fühl mal. Glaubst du immer noch, dass ich ein Kind bin?«

»Ich glaube nicht, dass deine Mutter *davon* beeindruckt sein wird, wenn sie rauskriegt, was wir hier machen!«

Seine Augen nahmen einen flehenden Ausdruck an.

»Katj! Davaj! Meine Mutter wird nichts merken, das verspreche ich dir! Bitte!«

»Aber was willst du denn bloß von mir?«

Die Antwort kam ohne zu zögern.

»Alles.«

»Wie, alles?«

Schon wieder fing er an, sich gegen mich zu pressen.

»Bleib weg von mir!« Ich schubste ihn mit aller Kraft zurück, setzte mich auf die Bettkante und brachte meine Kleider in Ordnung. Er saß da, zusammengesunken, ein Häufchen Elend.

»Hast du tatsächlich gedacht, dass ich mich darauf einlasse?« Ich sah ihn forschend an. Er nickte.

»Serjoscha, aber du bist wirklich noch ... zu jung dafür.«

»Aber alle meine Klassenkameraden haben schon ... Ich bin der einzige, der es noch nicht gemacht hat.«

»Das glaube ich dir nicht.«

»Doch, Katj, ist aber so.«

»Und selbst wenn – das ist noch lange kein Grund, dass du es auch machen musst.«

Und dabei war es geblieben. Ich war abgereist.

Als ich im Mai wiederkam, sah ich beim ersten Blick in Serjoschas Gesicht, dass er auf mich gewartet hatte. Wieder folgten mir seine schwarzen Augen unter den langen Wimpern hervor auf Schritt und Tritt, lauernd auf einen Moment, in dem er meine Verteidigung durchbrechen konnte.

Eines Nachts fuhr ich hoch aus dem Schlaf. Da stand er, vor meinem Bett.

»Katj! Lass mich zu dir ...«

Es fehlte nicht viel, und ich hätte ihn mit Fußtritten aus dem Zimmer gejagt.

Ich war hart geblieben, als er versuchte, mich im Sturm zu nehmen. Aber dem stummen Leiden des Zurückgewiesenen, das auf diese Nacht folgte, hatte ich nichts entgegenzusetzen.

Und gestern Nacht nun war ich dann schließlich aufgestanden und hatte mich über den Flur im Dunkeln bis zu seinem Zimmer getastet. Er war sofort wach gewesen, kaum, dass ich seine Schulter streifte, als ob er gewusst hätte, dass ich kommen würde.

Unter seinem Kopfkissen hatte ein Kondom bereitgelegen. Und er hatte damit umgehen können.

Alles war ohne ein Wort vor sich gegangen. Ich hatte mich zurück in mein Zimmer geschlichen. Noch lange hatte ich in der Dunkelheit wachgelegen und auf Schritte auf dem Korridor gehorcht. Es war alles still geblieben.

Ich saß noch immer auf dem Bett, als ich den Schlüssel im Schloss hörte. Er zog die Schuhe aus, warf sie in den Schuhschrank und ging sich die Hände waschen. Dann stand er in der Tür und nickte mir zu.

»Hallo Serjoscha.«

Er blieb abwartend stehen. Sein Gesicht war erhitzt und glänzte.

»Ist schon heiß draußen, was?«

Er kam wortlos näher.

»Darf ich?«

Er setzte sich auf die äußerste Bettkante, hielt die Blicke gesenkt und starrte vor sich hin.

»Und was nun?«

»Wie, was nun? Du hast gekriegt, was du wolltest, etwa nicht?«

Er runzelte die Stirn.

»Das letzte Nacht ... Das war Wahnsinn, Katj. Wir dürfen das nicht wieder machen.«

»Wie gut, dass du das selbst einsiehst.«

»Du bist einfach zu alt für mich.«

»Ja, natürlich.« Ich musste ein Lächeln unterdrücken. »Lass es uns vergessen, das ist bestimmt das Vernünftigste. Und kein Wort davon, zu niemandem, verstanden?«

Er nickte. In der Hinsicht machte ich mir keine Sorgen; er wusste, wie man Geheimnisse für sich behielt.

Es war Zeit, Mittagessen zu machen. Ich rutschte vom Bett und zog meinen Rock zurecht.

»Kommst du mit in die Küche?«

Er war sofort aufgestanden.

»Und du solltest vielleicht auch besser damit aufhören, mich immerzu so anzusehen.«

Ich wandte ihm den Rücken zu und strich die Überdecke glatt, wo ich gesessen hatte. Und da spürte ich auch schon seinen Arm, der sich um meine Hüfte legte.

Ich drehte mich langsam um.

»Serjoscha!«, sagte ich.

»Katja … davaj …«

Letzte Begegnung

Wie klein er ist, dachte sie, nun schon zum zweiten Mal innerhalb einer halben Stunde. Sie hatte ihn größer in Erinnerung. Schlanker auch.

Er war eigentlich nicht dicker, nur kompakter geworden. Wahrscheinlich machte er jetzt noch mehr Sport, um nicht in die Breite zu gehen; das würde er nie zulassen, dazu war er viel zu eitel. Das türkisblaue Hemd (ja, er war seinen Lieblingsfarben treu geblieben) saß einen Tick strammer als beim letzten Mal, aber er trug es noch immer mit lässiger Selbstverständlichkeit in die Jeans gesteckt. Und das sah tatsächlich immer noch sehr lecker aus.

Seine Haare, wie immer korrekt links seitengescheitelt, waren etwas kürzer geworden. An den Schläfen mischte sich jetzt schon mehr Grau in das Dunkelbraun, von der Art, das Männer seriöser und verlässlicher wirken lässt. Es stand ihm. Um seine dunkelgrauen Augen hatten sich deutlich sichtbare Fältchen eingegraben, aber dieses jungenhaft Gewitzte war noch immer in seinem Gesicht. Es würde auch noch da sein, wenn er achtzig und fünffacher Großvater war.

»Na, hast du mich genug gescannt?«, unterbrach Christoph ihre Überlegungen in diesem Moment. Er stand ein wenig verloren in ihrer Küche herum, kratzte sich am Hinterkopf und lächelte befangen. Sie gab sich einen Ruck.

»Schön, dich mal wieder zu sehen«, sagte sie und machte eine einladende Geste in Richtung Küchentisch. »Setz dich doch. Hast du Hunger? Ich habe gerade etwas gekocht. Selbstgemachte Kürbissuppe.«

»Gerne.« Er stand auf einem Fuß und hatte den anderen an die Innenseite seiner Wade gelegt. Auch diese Pose, die ein wenig an einen Balletttänzer erinnerte, war ihr noch mehr als vertraut. »Ich habe vorhin schon mit dem Kunden gegessen, aber ein Süppchen geht sicher noch rein.« Nach kurzem Überlegen setzte er sich auf den freien Platz gegenüber von Fabians Hochstuhl.

»Ist Fabian gar nicht da?«, fragte er.

»Der ist in der Krippe.«

»Schade. Ich hatte ja gehofft, ihn mal zu sehen zu bekommen.«

Sie fühlte seinen Blick auf sich ruhen, als sie ihm den Rücken zudrehte. Es war ihr nicht unangenehm. Sollte er doch gucken. Sie fürchtete seine Blicke nicht mehr. Mit ruhiger Hand füllte sie zwei Terrinen mit goldgelber, sämig schäumender Kürbissuppe und stellte seine vor ihn hin.

»Kleiner Schuss Sahne gefällig?«

»Nein danke.« Er kicherte, genau wie früher, übermütig, weit hinten in der Kehle, ohne dass er den Mund dabei öffnete, und tätschelte sich breit grinsend den Bauch. »Ich muss auf meine Linie achten.«

»Ja, das sehe ich.« Sie setzte sich ihm gegenüber und zwinkerte ihm zu. »Passt schon noch alles, keine Bange. Nur mager bist du nicht mehr.«

»Schmeckt gut.« Er nickte anerkennend nach den ersten Löffeln Suppe. »Steht dir übrigens, die Haarfarbe. Heller getönt?«

»Das ist meine echte.« Sie lachte.

»Nein!« Er ließ den Löffel sinken. »Und ich dachte immer, du hättest schwarze Haare.«

Sie schüttelte den Kopf. »Als wir uns kennengelernt haben, hatte ich sie zufällig gerade schwarz. Und du sagtest damals, du magst dunkle Haare bei Frauen. Je dunkler, desto besser. Also habe ich sie schwarz gelassen. Du warst so begeistert. Und hast nie was gemerkt. Irgendwann vor ein paar Jahren hatte ich dann keine Lust mehr zu färben. Gab ja auch keinen Grund mehr.«

Er schmunzelte. »Ich mag dunkel immer noch sehr. Aber meine Frau hat witzigerweise hellblonde Haare. Tja. Das eine, was man will, das andere, was man kriegt.«

»Ist das noch die von damals, mit der es gerade anfing, als wir uns das letzte Mal gesehen haben? Wie lange ist das her, sechs, sieben Jahre?«

Er nickte. Anfangs sei er sehr vorsichtig gewesen, wie sie sich vielleicht noch erinnere; er habe es langsam angehen wollen, sei sich auch lange gar nicht sicher gewesen, ob sie die Richtige für ihn sein könne. Nach und nach habe sich dann alles so entwickelt. »Es war ganz anders als bei uns damals«, setzte er abschließend zögernd hinzu. Sein Gesicht nahm bei der Erinnerung daran einen leicht verklärten Ausdruck an. »So etwas kann man aber wohl auch nur einmal erleben.«

Das mit ihm und ihr sei gewesen wie zwei Züge, die mit Höchstgeschwindigkeit aufeinander zu rasten. So und ähnlich hatte er es ein paar Mal gesagt, ganz verzückt. Damals hatte sie noch darüber gelächelt und es irgendwie niedlich gefunden.

Am Ende war er es dann gewesen, der die Notbremse gezogen hatte.

Sie hatte es voll aus dem Gleis geworfen, und sie hatte lange gebraucht, um ihren neuen Kurs zu finden. Während er die Fahrtrichtung, die er schon immer verfolgt hatte, einfach unbeirrt wieder aufnahm, so, als sei die zweijährige Beziehung mit ihr nichts weiter als eine außerplanmäßige Schleife gewesen, die er hatte drehen müssen, nachdem er aus Versehen eine falsche Weiche erwischt hatte.

Eine wichtige Sache, sagte er gerade, habe er bei ihr gelernt. »Man darf Reisende nicht aufhalten«, sinnierte er. »Man muss sie gehen lassen. Dann kommen sie von selbst zurück.« Seine Frau habe einige mehrmonatige Lehrgänge in anderen Städten absolvieren müssen, ziemlich zu Anfang, bevor die Kinder kamen. »Früher wäre ich da nicht so cool geblieben. Wie du weißt.«

Sie verspürte einen Anflug von Gereiztheit, den sie aber unter-drückte. Was spielte es jetzt noch für eine Rolle. »Ich erinnere mich«, sagte sie freundlich. »Du hast mir die Hölle heiß gemacht.« Er schaute schuldbewusst drein. »Ich war damals einfach noch nicht so weit.«

»Schon gut.« Es war dumm, mit diesen alten, nun schon weit mehr als zehn Jahre zurückliegenden Geschichten wieder anzu-fangen und sich an seiner Zerknirschung zu weiden. »Ich habe das Studium ja doch noch gemacht. Nur eben zwei Jahre später.«

Das schaffst du nie, war damals sein Kommentar gewesen, als sie ihm davon erzählt hatte, dass sie überlegte, Umweltwissen-schaften zu studieren. Ermutigung hatte sie erwartet, oder we-nigstens Verständnis. Ausgerechnet Technik, hatte er stattdessen gehöhnt, das sei nun wirklich nichts für sie, damit werde sie doch nur total auf den Bauch fallen. Und ganz abgesehen davon, hatte er unmissverständlich klargestellt, werde er es nie und nimmer mitmachen, dass sie Hunderte von Kilometern wegziehe, schon gar nicht für mehrere Jahre. Nie und nimmer. Mit anderen Wor-ten, sie müsse sich entscheiden: Er oder dieses Studium.

Erst viel später war ihr aufgegangen, wie sehr er gefürchtet ha-ben musste, dass sie ihm über den Kopf wachsen könnte. Er, der als frisch diplomierter Elektroingenieur gleich nach der Fach-hochschule zwischen mehreren gut dotierten Stellen hatte wäh-len können, während sie als Romanistin sich mit irgendwelchen miesen Jobs mühsam über Wasser hielt.

Sie hatte es sich damals nicht vorstellen können. Er war immer glühend stolz darauf gewesen, eine Freundin mit »richtigem«, vollwertigem Universitätsstudium zum Vorzeigen zu haben, eine »Gebildete«, hatte wohl auch mit ihr angegeben, in der Clique bei den Jungs, dezent, aber doch ein bisschen penetrant. Er fühlte sich nicht bedroht davon, dass sie so schick Französisch sprach und im Urlaub in Frankreich (seine Kumpels fuhren nicht nach Frank-reich, sondern nach Mallorca) nicht als Ausländerin erkannt wurde. Auch eine Promotion hätte er ihr erlaubt, gerne sogar, es wäre eine weitere fremde Feder gewesen, mit der er sich hätte schmücken können. Aber das hier, das ging zu weit. Offensichtlich brauchte er das Gefühl, ihr überlegen zu sein, klar und unangefochten, zumindest auf einem Gebiet, *seinem* Gebiet.

Die Machtprobe damals hatte er gewonnen. Sie gab ihren Plan auf. Aber der Schmerz darüber, dass er ihr ein Bein gestellt hatte, auf diese brutale Art, als sie versuchte, neues, erfolgversprechendes Terrain zu betreten (es ihm streitig zu machen, so hatte *er* es gesehen), hatte sie nicht wieder verlassen. Sie erkannte jetzt, dass der Schmerz notwendig gewesen war; ohne ihn hätte sie wohl nicht den Mut gehabt, sich auch ohne seine Unterstützung in dieses für sie angstbesetzte Neuland aufzumachen. Er war nötig gewesen, um später, als er sie verlassen hatte, dieses »Jetzt erst recht«-Gefühl in ihr aufbrodeln zu lassen.

»Und, haben sich die Lehrgänge deiner Frau denn wenigstens ausgezahlt?«, fragte sie.

Er war erleichtert, dass sie das Gespräch in eine andere Richtung lenkte. Mit der Familiengründung sei alles von selbst wieder ins Lot gekommen. Sie seien sich einig gewesen, was die Arbeitsteilung angehe. Da habe es nie Diskussionen gegeben. Seiner Frau mache es Spaß, für Haus und Hof zuständig zu sein. Mit zwei Kindern sei es ja sowieso fast unmöglich, eine passende Teilzeitstelle zu finden. Und zum Glück seien sie auf ein zweites Einkommen nicht angewiesen.

»Dann hast du ja jetzt genau das Leben, das du immer wolltest«, fasste sie zusammen.

Er rutschte ein wenig auf seinem Stuhl herum und wich ihrem Blick aus. »Vielleicht. Ja, doch.«

»Was ist denn eigentlich mit dieser Geliebten geworden, die du damals hattest?«, fragte sie, eine Spur boshaft vielleicht. »Diese Verheiratete.«

Er schreckte hoch. »Von der habe ich mich natürlich sofort getrennt, als das mit Annika ernst wurde. Etwas anderes kam ja gar nicht in Frage.«

»Natürlich.« Sie nickte. »Ich hatte auch nichts anderes von dir erwartet.« Gerne hätte sie ihn gefragt, ob er hin und wieder Affären hatte. Lust hatte er mit Sicherheit dazu, so wie er sein häusliches Szenario beschrieb, und Gelegenheit auch; er war beruflich viel unterwegs. Es wäre so risikolos. Aber vielleicht war er der Versuchung noch nicht ganz erlegen. Es wäre einem moralischen Bankrott gleichgekommen.

Er knetete an seinen Fingern herum. »Und du?«, fragte er. »Du bist ja jetzt selbständig …«

Sie lächelte. »Ja. Das mit der Technik hat dann doch ganz gut geklappt.«

Wiederum saß er geknickt da. Es tat ihm leid, kein Zweifel, und sie schämte sich ein bisschen für das billige Gefühl der Genugtuung, das sich wohlig in ihr regte. Sie stand auf, trat hinter ihn, beugte sich leicht zu ihm hinunter und klopfte ihm auf die Schulter.

»Magst du vielleicht einen Kaffee?«, fragte sie.

»Wie geht es eigentlich Lars?«

An dem kaum merklichen Zusammenziehen seiner Augenbrauen sah sie, dass er über Lars auch lieber nicht gesprochen hätte.

»Keine Ahnung.« Er lächelte angestrengt. »Wir haben schon seit Jahren keinen Kontakt mehr. Eigentlich schon nicht mehr, seit wir uns getrennt haben.« Geschieden sei er, das habe er wohl noch gehört, solche Neuigkeiten machten im Dorf immer die Runde. Aber weiter wisse er nichts. »Ich frage mich …«

»Du fragst dich, warum Lars damals alles daran gesetzt hat, uns auseinanderzubringen«, ergänzte sie. »Ja, das habe ich mich lange Zeit auch gefragt.«

»Und, hast du eine Antwort auf die Frage gefunden?« Er sah sie mit diesem gespannten Blick an, den er schon damals hatte, wenn er sich keinen rechten Rat wusste und auf Hilfe von ihr hoffte.

Sie nickte. »Du hast einen großen Fehler gemacht, damals. Du hättest ihn fragen müssen.«

»Was fragen?« Nein, er hatte wirklich keine Ahnung.

»Du hättest ihn fragen müssen, ob er mich will, bevor du mich nimmst«, erklärte sie leichthin. Sein düpierter Gesichtsausdruck amüsierte sie. »Lars war der Platzhirsch in eurer Clique. Und der frisst zuerst. Und kriegt alle Frauen, die er will. An diese Regel hast du dich nicht gehalten.«

Er versuchte ein Lachen, entgeistert, ungläubig. Auch das war wie früher. Schon da hatte er ihre Antworten meist nicht hören wollen. Zumindest nicht, wenn es um Lars und die Clique ging.

»Na ich weiß nicht«, sagte er, gedehnt, wie immer, wenn er schwer am Denken war. »Ist das nicht ein wenig übertrieben?«

»Nein.« Sie schüttelte den Kopf. Ein paar Monate, nachdem sie sich kennen gelernt hatten, habe Lars ihr auf einer Party unmissverständlich klargemacht, wie die Dinge sich verhielten.

»Was meinst du damit?« Jetzt war ihm das Lachen vergangen. Seine Augenbrauen waren so stark zusammengezogen, dass sie fast eine durchgehende Linie bildeten.

Sie zuckte die Schultern. »Was wohl?«

»Hat er dich angefasst?« Er war bleich geworden vor Empörung. Verletzter Besitzerstolz, selbst nach all den Jahren noch.

»Er war zum Glück ziemlich besoffen. Wie ihr alle ja immerzu bei diesen Kampftrinkevents.« Sie lächelte. »So konnte ich ganz gut mit ihm fertigwerden.«

Er schluckte. »Warum hast du damals nichts gesagt?«

»Und was hättest du dann gemacht? Ihn zum Duell gefordert?« Sie schnaubte. »Ich hatte keine Lust, mir deine Beschwichtigungen anzuhören. Dass ich mich mal nicht so haben soll. Oder mir alles bloß eingebildet habe. Weil dein bester Kumpel so was doch nie tun würde. Dazu war ich zu feige.«

Er sagte nichts, offenbar fiel ihm, jedenfalls so aus dem Stegreif, nichts, aber auch gar nichts ein, was er hätte sagen können, dann stellte er seine Kaffeetasse ab, stand auf und floh aus dem Wohnzimmer in Richtung WC. Als er zurückkam, hatte er seine Fassung wiedergewonnen.

»Ich versteh das nicht«, sagte er. »Was sollte das? Ich meine … Du warst doch überhaupt nicht sein Typ. Er stand auf Blond. Er hatte nie eine dunkelhaarige Freundin … Darum bin ich doch auch gar nicht auf den Gedanken gekommen, dass er …«

»Ach, und sonst hättest du ihm den Vortritt gelassen?«, schnitt sie ihm unwirsch das Wort ab.

»Quatsch.« Er war beleidigt. »Ich verstehe es trotzdem nicht.«

»Darum ging es doch gar nicht«, sagte sie, nun wieder geduldig. »Du durftest keine Frau haben, die ihm intellektuell überlegen war. Nachdem eine andere Frau, die ihm intellektuell überlegen war, ihn verlassen hatte. So einfach ist das.«

»Er sagte immer … Schieß sie ab … Die passt nicht zu uns … Arrogant, hält sich für was Besseres …«

Sie nippte an ihrem grünen Tee. »Du hättest mit mir mitkommen müssen«, sagte sie. »Weg von da. Das wäre die einzige Möglichkeit gewesen.«

Ein paar Mal hatten sie wohl davon gesprochen, sich eine Wohnung in Hamburg zusammen zu nehmen. Aber dann hatte er auch schon die Stelle gefunden, die viel näher an seinem Heimatort lag. Dort war er geboren und zur Schule gegangen; auch zum Studieren hatte er nicht wegziehen müssen. Sie beide hatten gewusst, dass er ohne Not niemals gegangen wäre. Alles, was ihn ausmachte, war hier, in diesem kleinen Mikrokosmos, den er brauchte, weil er in ihm etwas darstellte, etwas galt.

Und etwas darzustellen, etwas zu gelten, das war ihm ein Grundbedürfnis. Er brauchte es, mit jedem, der ihm beim Bäcker begegnete, ein kleines Schwätzchen halten zu können; auf der Straße alle Blicke auf sich zu ziehen, wenn er seinen knallgrünen Ford Taunus aus den Siebzigern die Hauptstraße hinunter promenierte; und als einer der besten Schwimmer und schneidigsten Segler des Dorfes bekannt zu sein. Er war ein Lokalmatador, der Angst davor hatte, sich mit all den vielen, bedrohlichen Unbekannten da draußen zu messen, Angst, von ihnen zur Bedeutungslosigkeit degradiert zu werden, und würde es immer bleiben. Er hatte es von Anfang an gewusst, und irgendwann dann auch sie.

Sie hatte nach besten Kräften versucht, Teil seiner Welt zu werden. Er hatte versucht, sie dazu zu machen. Und als es nicht funktionierte, hatte er sie dafür büßen lassen.

Plötzlich war nichts mehr richtig, was sie tat oder ließ. Alles reizte ihn auf. Vor allem und gerade das, was er vor einigen Monaten noch interessant, betörend, unwiderstehlich gefunden hatte. Sie verstand die Welt nicht mehr. Immer verrücktere Zumutungen inszenierte er, immer wahnwitzigere Unterwerfungsgesten provozierte er, immer unkontrollierbarer wurde sein Ärger. Er kniff sie, zog sie an den Haaren, gab ihr kleine Klapse, neugierig, wie prüfend, als wolle er sehen, wann die Grenze erreicht war, wann sie sich endlich wehren würde.

An all das dachte sie, als er nun neben ihr auf dem Sofa saß, klein und ergraut und ein wenig zusammengesunken. »Es ist gut, dass du da geblieben bist, wo du warst«, sagte sie.

»Ich weiß nicht.« Er sah betreten aus, niedergeschlagen, als sei seine wohlgeordnete Welt, an der er so zielstrebig gebaut hatte, dabei, in sich zusammenzufallen. »Manchmal denke ich, wenn jetzt Schluss wäre, würde es mir auch nicht so viel ausmachen. Ich meine, ich habe alles gehabt, alles gemacht. Was soll da noch kommen.«

Einen Moment befürchtete sie, er würde anfangen zu weinen, so kläglich kam das heraus. Sie streichelte tröstend seine Wange. Er missverstand ihre Geste. Oder verstand sie besser als sie selbst.

Sie griffen beide zugleich nacheinander, und keiner von ihnen versuchte zu widerstehen. Es war wie ein Wiedererkennen zweier Körper, die immer perfekt harmoniert hatten. All die verstrichene Zeit hatte nichts daran geändert. Es war noch immer dieselbe Choreographie, bei der jede Bewegung unzählige Male eingeübt worden und jederzeit abrufbar war.

Nach ihrem kurzen, heftigen Aufeinandertreffen lagen sie nebeneinander auf dem Sofa, noch halb angekleidet, atemlos wie nach einem Kampf, und erst allmählich wich der Taumel so etwas wie Besinnen.

»Du siehst viel sportlicher aus als früher«, sagte er anerkennend und strich mit dem Handrücken an der Innenseite ihres Oberarms entlang, wie ein staunendes Kind. Er hob Fabians Winnie the Puuh-Fleecedecke an, die sie im Eifer des Gefechts über sich geschlagen hatten. »Richtig Bauchmuskeln hast du ja.«

Sportlich, ja, so hatte er sie immer gewollt. Zum Ende hin hatte er sie zu weich gefunden, zu undefiniert, und hatte seinen Finger gnadenlos in das kleine Kissen Fett gepiekt, das seiner Meinung nach an ihrem Bauch zu viel war.

»Ich habe mit dem Reiten angefangen. Vor zwei Jahren. Das gibt Muskeln. Liegt mir mehr als Segeln.« Nach einer kurzen Pause setzte sie hinzu: »Ganz ungefährlich ist es allerdings auch nicht.«

Sie wusste, dass er die Anspielung verstehen würde, auf den Segelunfall, bei dem sie beinahe ertrunken wäre. Er hatte es an diesem Tag auf die Spitze getrieben, seine Manöver waren zu leichtsinnig geworden. Der Katamaran war umgeschlagen, sie war unter das Segel geraten, und ihr Neoprenanzug hatte sich aufgebläht wie eines dieser magischen Handtücher, die Fabian so gerne im Waschbecken aufgehen ließ. Er hatte sie unter dem Segel hervorgezerrt, wo sie hilflos herumrudernd auf- und ab schaukelte, in letzter Sekunde, und sie wie von Sinnen angeschrien. Dabei war er es gewesen, der Profisegler, der vergessen hatte, die Luft aus ihrem Anzug zu lassen.

Danach war im Bett nichts mehr gegangen. Einen Monat lang mühte er sich ab, erst verblüfft, dann wütend, mit wachsendem Entsetzen schließlich. Am Ende kapitulierte er; diesen letzten Schlag hielt seine Männlichkeit nicht aus. Er hatte sich von ihr getrennt, mit Tränen in den Augen, ohne eine Erklärung.

Es gab kein Bedauern. Dieser Akt war ein Triumph gewesen, für sie beide, den sie beide nötig gehabt hatten.

»Ich verstehe es nicht«, sagte er. »Ich liebe Annika und die Kinder. Aber für dich scheint immer noch ein Platz in meinem Herzen da zu sein.«

Sie horchte auf. Jetzt würde es also kommen; das, weswegen er eigentlich hier war.

»Du müsstest nur ... das richtige Wort sagen«, begann er. »Dann ...«

Sie saugte sich mit ihren Augen an ihm fest. »Was dann?«

Er atmete einmal tief durch. »Dann würde ich alles aufgeben.«

Sie stützte sich auf den Ellenbogen auf. »Das meinst du nicht.«

»Doch.« Er griff wieder nach ihr, packte sie an der Schulter, wollte sie zu sich ziehen. »Mit sowas scherze ich nicht.«

Sie rührte sich nicht, aber ihre Augen hielten ihn wie eine Zange umklammert. Er wand sich.

»Sag doch was.« Er lachte beklommen, versuchte, sich seine Ungeduld nicht anmerken zu lassen, aber alles an ihm drängte auf ihre Antwort, die, wie er glaubte, sein Schicksal entscheiden würde.

Es war ihm ernst, kein Zweifel; er saß auf dem Schleudersitz, bereit, sich von ihr aus diesem Leben, das er sich so zäh und beharrlich aufgebaut hatte, herauskatapultieren zu lassen. Wie lange, dachte sie, hatte er auf einen Moment wie diesen wohl schon gewartet. Und wie hatte er in all diesen Jahren zur Arbeit gehen, mit seiner Frau schlafen und mit seinen Kindern spielen können.

»Würdest du denn mit meiner Unabhängigkeit klarkommen?«, fragte sie.

Er schwieg einen Moment. »Sicher«, sagte er dann.

»Würdest du nicht wieder anfangen, mich klein zu machen? Aus Angst, dass ich zu groß für dich werden könnte?«

Bevor er eine Erwiderung stammeln konnte, die sie beide doch nur in Verlegenheit gebracht hätte, beschloss sie, der Sache ein Ende zu machen.

»Du brauchst nicht darüber nachzudenken«, sagte sie kurz. »Ich gehe weg, in drei Monaten. Nach Frankreich. Ich ziehe zu Fabians Vater.«

Sie beobachtete ihn vom Wohnzimmerfenster aus, wie er zu seinem Auto ging. Ein Firmenwagen. Sportliches Audi-Modell. Schwarz. Immerhin, kein roter.

Sie sah ihn sein Handy hervorholen. Genau wie sie vermutet hatte. Jetzt rief er seine Frau an. Er würde ihr sagen, dass er jetzt losfahre, in zwei Stunden zum Essen da sein würde und alles in Ordnung sei. Er würde sie hinter sich lassen, in seine Welt zurückkehren, wo er hingehörte, ernüchtert, kleinlaut, aber auch erleichtert. Sie fragte sich, wie er sie wohl nannte, seine hellblonde Annika. Schatz. Maus. Oder vielleicht doch ganz anders.

Sie war nicht enttäuscht von ihm. Damit hätte sie ihm Unrecht getan. Aber in dem Moment begriff sie, dass sie vielleicht doch gehofft hatte, er könne ihr eine Entscheidung abnehmen.

Besucht uns doch in Frankreich, alle zusammen, hatte sie zum Abschied gesagt. Er hatte genickt. Aber sie hatten beide gewusst, dass er nicht kommen würde. Nicht nach dieser letzten Begegnung.

Abends, als Fabian schlief, rief sie Bernd an. Sie hatte sich eine ihrer sehr seltenen Zigaretten angezündet. Heute Abend brauchte sie etwas, woran sie sich festhalten konnte.

»Ca va, chérie?«, witzelte er am Telefon. Offenbar war sein Meeting heute Nachmittag gut verlaufen.

»Ging es mit dem Französisch?«, fragte sie.

»Ich war ja gut vorbereitet«, sagte er. »Und sie sind nachsichtig mit mir. Aber ich wurde ja schließlich auch nicht deswegen eingestellt, weil ich so gut Französisch kann.«

Sie zog noch einmal hastig an ihrer Zigarette. »Hör mal«, sagte sie. »Ich weiß nicht, ob das alles so eine gute Idee ist.«

»Was, das alles?«

»Dass Fabian und ich zu dir nach Frankreich ziehen.«

Er stutzte, zwei, drei Sekunden lang. »Das kommt jetzt aber überraschend.«

»Ich weiß.«

»Ist was passiert?«

»Nichts. Ich weiß nur nicht so recht, was ich da eigentlich die ganze Zeit machen soll. Außer von deinem Geld leben.«

»Die ganze Zeit? Es geht doch nur um zwei Jahre.«

»Wenn du findest, dass zwei Jahre eine so kurze Zeit sind, wäre es ja auch nicht schlimm, wenn ich hier bliebe und wir alles so lassen, wie es ist.«

Er seufzte. Sie fand sich selbst unausstehlich, zickig. Sie stellte sich vor, wie sie nach einer solchen Eröffnung in die Knie gehen würde, aber sie konnte nicht anders. »Wir haben das doch alles besprochen. Zigmal.«

»Nach zwei Jahren sind all meine Kunden weg und ich kann von vorne anfangen. Während für dich kein Risiko dabei ist. Nicht das geringste.«

»Wieder die alte Angst vor Abhängigkeit, was«, sagte er. »Ich dachte, das hätten wir überwunden.«

»Du hast gut reden«, gab sie zurück, gereizt jetzt, froh, dass er ihr einen Anlass gegeben hatte.

»Hat es was mit deinem Ex zu tun?«, wollte er wissen. »Der war doch heute Nachmittag da, oder?«

»Ja. Nein, meine ich. Hat es nicht.«

»Was wollte er denn?«

»Mal gucken.«

»Gucken? Was gucken?«

»Ob er damals die richtige Entscheidung getroffen hat.«

»Und, hat er?«

»Natürlich. Der ist zufrieden und glücklich, da, wo er ist.«

»Und du?«, fragte er. »Bist du das auch?«

Sie wedelte den Rauch sinnlos beiseite. »Wer ist das schon.«

»Mehr als diese Floskel fällt dir dazu nicht ein?«

»Tut mir leid.« Sie drückte ihre Zigarette aus. »Ich werde darüber nachdenken.«

»Wie lange? Zwei Jahre vielleicht?«

»Vielleicht«, sagte sie.

Ein Heiligabend

»Marco? Ja, ich stehe jetzt vor deinem Haus. Kannst runter-kommen.«

Inga schaltete das Handy aus und dachte daran, wie Heiko und sie heute Morgen am Telefon noch herumgeblödelt hatten. Du kannst ja eine SMS schreiben, wenn du angekommen bist, hatte Heiko gewitzelt. Und wenn ich bis nächste Woche nichts von dir höre, weiß ich, wo ich mit meinen Ermittlungen ansetzen muss. Wie heißt der Typ? Mit *Nachnamen*, meine ich. Beruf? Chemiker, soso. Das eröffnet natürlich ganz ungeahnte Möglichkeiten … Wie, was für Möglichkeiten? Das Opfer auf heimtückische Weise willfährig zu machen, natürlich. Bist du vielleicht ahnungslos … Weiter: wohnhaft in? OK, alles notiert. Und wie viel Zeit soll ich verstreichen lassen, bevor ich das Rollkommando verständige?

Albernes Gerede, dachte Inga. Man hat wirklich zu viele schlechte Filme gesehen.

Eigentlich konnte das Handy im Auto bleiben. Sie konnte Handys nicht ausstehen und hatte nicht vor, eine SMS zu schreiben, weder an Heiko noch an irgendwen sonst. Aber dann steckte sie es doch ein.

Sie stieg aus dem Wagen, ließ aber den Motor an. Es war kurz nach fünf Uhr nachmittags und schon dunkel geworden. In einem der Hauseingänge ging das Licht an. Da kam er angeschlendert, im T-Shirt trotz Wind und Schneeregen, und winkte ihr zu. Sie winkte zurück und stieg wieder ein, während er das Tor zur Tief-garage öffnete. Sie fuhr langsam die Einfahrt herunter, wartete, bis er hinterhergekommen war, und folgte dann seinen Handzei-chen. Hinter ihr schloss sich das Tor von selbst.

Marco stand wartend neben ihrem Wagen und begrüßte sie mit breitem Grinsen.

»Na, erstmal richtig hallo, Kleine«, sagte er und umarmte sie. Inga mochte Umarmungen nicht besonders, und auch nicht, wenn Männer »Kleine« zu ihr sagten, aber sie hielt den Mund. Sie wusste, dass sie manchmal überempfindlich war, dass es viele Menschen beleidigte, wenn man sie nicht zurückumarmen wollte, und dass »Kleine« bloß ein Spruch war, auf den sie vermutlich etwas Keckes antworten sollte. Ihr fiel aber nichts ein. Dass sie auch schon größeren Typen als ihm in ihrem Leben begegnet war, hatte sie ihm beim letzten Mal bereits gesagt.

Sie nahmen den Fahrstuhl und fuhren zu seiner Wohnung in den fünften Stock hoch.

»Wenn wir nachher einen Joint rauchen und dir das Zeug zu Kopf steigt, solltest du nicht gerade aus dem Fenster springen«, sagte Marco. Sie nickte und versicherte, dass sie es sich merken würde.

Er schloss die Wohnungstür auf. Inga machte einen Schritt vorwärts und prallte zurück: Der Teppich und die Tapeten waren rot, grellrot, in genau dem gleichen Farbton, so dass die Wände und der Fußboden ineinander überzugehen schienen. Es war, als ob man plötzlich eine rote Plastiktüte über den Kopf gestülpt bekommen hätte.

»Puh«, entfuhr es Inga. »Das springt einen aber ganz schön an.«

»In meiner Wohnung ist alles rot, schwarz oder metallen«, sagte Marco. »Gefällt es dir?«

Inga sagte nur, dass sie es gewöhnungsbedürftig fand, und fügte rasch hinzu: »Aber schön viel Platz hast du.«

»Ich habe gerne viel freien Raum um mich herum.«

»Hast du immer alleine hier gewohnt?«

»Ja, meine Frau und ich hatten immer getrennte Wohnungen«, sagte er. »Und auch wenn sie bei mir zu Besuch war, musste man sich nicht unbedingt über den Weg laufen, wenn einem gerade mal nicht danach war.«

»So viele Türen … Es ist wie Blaubarts Burg hier«, sagte Inga und schauderte. Er ging auf ihre Bemerkung nicht ein; vielleicht wusste er nicht, wer Blaubart war. »Du kannst dich gerne umsehen«, sagte er. Inga nickte. Links war die Küche, die (wie Inga mit einer gewissen Erleichterung bemerkte) dann doch nicht rot, sondern weiß gekachelt war. Gegenüber lag das Wohnzimmer. Es war so groß wie ihre Einzimmerwohnung insgesamt. Inga äugte vorsichtig hinein. In der Ecke stand ein schwarzes Ledersofa. An der Wand gegenüber ein Fernseher und eine Stereoanlage mit riesigen Boxen, ein Bücherregal und ein Schrank. Ansonsten war der Raum leer. Die Vorhänge (rot, natürlich) waren zugezogen.

»Fühl dich wie zu Hause«, sagte Marco. Inga lächelte nur strahlend und setzte sich auf die äußerste Kante des Sofas.

Er fragte sie, was sie trinken wollte. Inga wollte fürs erste nur Saft.

»Vielleicht gehen wir nachher noch los, dann sollte zumindest einer von uns noch fahren können«, sagte sie und ärgerte sich, weil es wie eine Entschuldigung klang.

Die erste Stunde ihrer Unterhaltung verlief schleppend. Von Marco kam nicht viel; er ließ Inga reden. Sie kannte das schon von ihren früheren Treffen: Er saß da, in dieser betont lässigen Haltung, fixierte sie mit einer Unverwandtheit, die nicht einmal ein Wimpernschlag zu durchbrechen schien, und ließ sich keines ihrer Worte entgehen. Anfangs hatte ihr das geschmeichelt. Bis sie begriff, dass seine Aufmerksamkeit etwas Lauerndes hatte, wie die eines Raubtiers, das sich an die Beute herangepirscht hatte und jetzt nur noch auf den Moment wartete, in dem es endlich zum Sprung ansetzen konnte. Aber da war sie schon für den Heiligabend mit ihm verabredet gewesen.

Wenigstens war sie heute Abend auf der Hut.

»Ist deine Frau jetzt bei ihren Eltern?«, fragte Inga.

»Ja, mit den Kindern.«

»Und – wie ist das für dich?«

»Oh, ich kann es gut aushalten. Aber ich habe ja auch sehr nette Gesellschaft.«

»Freut mich, dass du das so siehst.« Sein T-Shirt lag hauteng an und hatte einen Schnürausschnitt. So etwas sah nur bei makellos definierten Muskeln gut aus. Und die hatte er, zweifelsohne.

»Als ich dich fragte, ob du Heiligabend mit mir verbringst, hatte ich gar nicht damit gerechnet, dass du ja sagst«, sagte Marco und sah Inga mit einem dieser Blicke an, bei denen es ihr immer vorkam, als wollte er sie in einen Schraubstock spannen. »Für die meisten ist das immerhin ein ganz besonderer Abend.«

»Ach ja?« Sie lächelte unverbindlich und hob ihr Glas zum Mund. »Für mich nicht. Das hatte ich dir doch auch gesagt, oder?«

»Hast du. Aber du weißt trotzdem, dass es etwas bedeutet, wenn man mit jemandem Heiligabend verbringt.«

»Unsere Familie feiert ja kein Weihnachten«, sagte Inga schnell. »Bei uns ist das ein Abend wie jeder andere auch. Früher, als ich noch klein war – da haben wir schon gefeiert, alle zusammen, wir hatten einen Baum, und es gab Geschenke, und da habe ich mich auf Weihnachten immer gefreut. Aber das ist lange her.«

»Ich war ganz froh, dass Steffis Kinder damals, als ich sie kennenlernte, schon so alt waren, dass man den Abend ganz entspannt gestalten konnte«, sagte Marco. »Also, das hätte mich auch zu sehr abgenervt, so eine Show für die Kröten abziehen, nein danke.«

Kröten, so nannte Marco Kinder. Inga gehörte nicht zu den Frauen, die den Sinn ihrer Existenz im Kinderkriegen sahen, aber auch bei ihr kam das nicht so gut an.

»Was hast du eigentlich gegen Kinder?«, wollte sie wissen.

»Ich habe nichts gegen Kinder«, sagte er. »Ich will bloß keine. Nehmen zu viel Aufmerksamkeit in Anspruch. Ich will die Frau für mich alleine. Wenn man erstmal Kinder hat, läuft mit Vögeln nichts mehr, darauf hätte ich keinen Bock.«

»So«, machte Inga.

»Vögeln«, das hatte sie ziemlich rasch begriffen, war eines der

Themen, über die er sich gar nicht genug auslassen konnte. Er hatte ihr gleich beim zweiten oder dritten Treffen mit brutaler Offenheit erklärt, dass er die Dinge gern beim Namen nannte und nichts von all dem »üblichen Drumherumgerede« hielt.

Tatsächlich, darum herum redete er nicht - er redete im Grunde genommen von fast nichts anderem. Nach zwei weiteren Treffen wusste Inga Bescheid: darüber, welche Frauen ihn scharf machten (Typ »rassiges Luder«, eine, die sich auch mal über den Küchentisch legen ließ), welche ihn abtörnten (dick und kurze Haare ging gar nicht), welche Fantasien er hatte (es schienen ihr die gängigen zu sein), welche Ängste (das waren ganz bestimmt die gängigen) und welche Empfindlichkeiten (er reagierte beleidigt, ja nahezu aggressiv, wenn ihm Sex verweigert wurde, auch wenn er »irgendwie schon« wusste, dass er keinen grundsätzlichen Anspruch darauf hatte).

Inga hatte sich anfangs schon gefragt, was er mit Eröffnungen dieser Art eigentlich bezweckte. Aber auf den Gedanken, dass er etwas anderes im Sinn haben könnte als einen angeregten Austausch auf intellektuell-abstrakter Ebene, war sie überhaupt nicht gekommen, und zwar ironischerweise gerade deswegen nicht, *weil* er auf das »übliche Drumherumgerede« so ganz und gar verzichtete. Ihrer Erfahrung nach redeten gerade Männer, die etwas von einem wollten, eifrig *darum* herum, zumindest in der Anfangsphase. So waren nun mal die Spielregeln.

Es hatte eine ganze Weile gedauert, bis Inga aufging, dass Marco den intellektuell-abstrakten Austausch zwar ebenfalls schätzte, aber eben als eine Art Vorstufe, als »theoretische Grundlage« sozusagen, von der aus man ohne Weiteres zum physisch-konkreteren Teil übergehen konnte. Als es ihr klar wurde, hatte sie sich aus ihrer Deckung schon längst sorglos weit hervorgewagt.

Es war ein betretener Moment für beide gewesen.

»Was wird denn nun mit Heiligabend?«, hatte Inga gefragt.

»Was soll das heißen? Heißt das, du versetzt mich?«

»Aber nein.«

Natürlich hätte sie absagen können, unter irgendeinem Vorwand. Aber das war nicht ihre Art. Außerdem wäre ihre Bekanntschaft damit bestimmt zu Ende gewesen, er war nicht der Typ, der einem so etwas verzieh. Oder sie hätte ihm sagen können, dass sie zwar gerne Heiligabend mit ihm verbringen wollte, aber nur, wenn er versprach - ja, was? Sie nicht anzurühren? Das wäre kindisch gewesen. Im Übrigen war sie sich auch nicht einmal ganz sicher, ob es tatsächlich *das* war, was sie wollte. Vielleicht hatte sie doch naiver getan, als sie in Wirklichkeit war.

Ein paar Tage vor dem vierundzwanzigsten hatte sie noch einmal bei ihm angerufen und ihm gesagt, dass sie in jedem Fall auf dem Sofa im Wohnzimmer schlafen würde - falls sie nicht sowieso in der Nacht noch nach Hause fuhr. Sie hatte versucht, einen scherzhaften Ton anzuschlagen, aber sie war sich hysterisch vorgekommen und war sicher, dass sie ihn jetzt erst recht verstimmt hatte. Egal, hatte sie sich danach gesagt, zumindest wusste er jetzt, was er von ihr zu erwarten hatte. Sie hatte sich klar genug ausgedrückt. Wenn er meinte, die Festung weiter belagern zu wollen, war das seine Sache.

Und nun war sie hier, es war kurz vor sieben, der Abend hatte noch nicht mal richtig angefangen, und er war schon wieder dabei, sich auf sie einzuschießen.

Während Marco ihr darlegte, warum die Aufzucht von Kröten und die Aufrechterhaltung eines befriedigenden Sexuallebens nicht miteinander vereinbar waren, wusste Inga plötzlich mit absoluter Gewissheit, dass sie nicht mit ihm ins Bett gehen würde. Vielleicht war sie heute Abend nur deswegen hergekommen, um das ein für allemal herauszufinden.

Ganz verstehen konnte sie es eigentlich selbst nicht. Sie mochte ihn, ganz ohne Zweifel, er war intelligent, gebildet, nicht unattraktiv und roch sogar gut. Außerdem war sie seit über einem Jahr Single, und er ließ sich gerade von seiner Frau scheiden; auch von daher hätte es niemandem wehgetan. Es tat ihr ein bisschen leid, weil die Entscheidung gegen ihn gefallen war, auch für sich selbst. Aber gleichzeitig hatte sie auch Lust, hemmungslos loszukichern.

Er hatte das Zucken in ihrem Gesicht natürlich bemerkt. »Was ist denn?«, fragte er und runzelte die Stirn. »Habe ich etwas Amüsantes gesagt?«

»Nein, nein«, versicherte Inga. »Ich frage mich nur … Ist das wirklich so wichtig für dich?«

»Was?«

»Na, das.«

»Vögeln?«

»Ja.«

»Ich würde schon sagen, dass es unter den Dingen, die ich im Leben für erstrebenswert halte, den höchsten Stellenwert einnimmt«, sagte er. »Sei doch mal ganz ehrlich - siehst du das anders?«

Inga schauderte es schon wieder. »Wenn ich ganz ehrlich bin, hat ein gutes Essen auch etwas für sich«, versuchte sie zu scherzen. »Alles zu seiner Zeit eben.« Gut gemacht, sprach sie sich selbst Mut zu. Gib Gemeinplätze von dir. Bloß kein Ziel bieten.

»So«, sagte Marco nur; er sah irritiert aus. »Soll ich das so verstehen, dass du Hunger hast?«

»Touché.« Inga stand auf und rieb sich mit demonstrativer Munterkeit die Hände. »Du weißt ja, Nahrungsaufnahme ist der Primärtrieb eines jeden Lebewesens, dem alles andere untergeordnet ist.«

Als das Essen auf dem Tisch stand - Inga hatte ihn Kartoffeln schälen und den Salat putzen lassen, damit er auf andere Gedanken kam - , holte Marco eine Flasche Weißwein aus dem Kühlschrank.

»Wie wäre es jetzt damit?«, fragte er. Inga zögerte nur noch kurz, dann hielt sie ihm ihr Glas hin. Die Gefahr ist gebannt, dachte sie.

Nach dem zweiten Glas sah Marco sie fragend an.

»Wir müssen uns jetzt entscheiden«, sagte er. »Wollen wir noch los oder nicht?«

»Mir ist beides recht«, sagte Inga.

»Gut«, sagte Marco. »Dann bleiben wir hier. Ich habe keine Lust mehr, noch wegzugehen.«

Inga hatte gedacht, dass der Wein ihr nichts ausmachen würde, aber mittlerweile spürte sie doch eine gewisse behagliche Trägheit in allen Gliedern und ihr Kopf war angenehm leer.

»Du scheinst dich ja richtig wohl zu fühlen«, sagte Marco.

»Sollte ich nicht? Mir geht's gut. Und dir?«

»Ja, auch nicht schlecht.« Marco verteilte den Rest der Flasche auf ihre beiden Gläser. »Es ist noch was da, ich habe vorgesorgt.«

»Hab ich mir gedacht.« Inga kicherte. »Sorry, das ist nur der Wein.«

»Ist doch schön, dass du dich jetzt mal ein bisschen entspannst.«

»Wieso? War ich vorher angespannt?«

»Nun ja ... Ich frage mich schon die ganze Zeit, wovor du solche Angst hast.«

»Angst? Ich?« Inga kicherte schon wieder. »Ich wüsste nicht wovor.«

»Davor, die Kontrolle zu verlieren, zum Beispiel.«

Plötzlich ärgerte sie sich über seine Selbstgefälligkeit. »Ich sehe keinen Grund, warum das passieren sollte«, sagte sie.

»Aber du wusstest schon, als du heute Abend herkamst, dass wir durchaus miteinander im Bett landen könnten.«

»Ist das so?«

»Na komm ... du findest mich doch auch attraktiv, das sehe ich an deinen Blicken.«

»Mag sein. Bestreite ich nicht mal.«

»Und wir mögen uns doch, oder?«

»Doch, ja. Aber müssen wir deswegen unbedingt -«

»Wir müssen nicht unbedingt. Aber wir könnten.«

»Ich bin aber nicht verliebt in dich«, sagte Inga und kam sich albern vor.

»Ach so ...« Das schien ihn aus der Fassung zu bringen; aber nur kurz. »Also ... Verliebt bin ich natürlich auch nicht in dich.«

»Also.« Inga hob ihr Glas und prostete ihm zu.

»Aber ist denn das unbedingt nötig?«

»Anscheinend.« Inga seufzte.

»Ihr Frauen«, sagte Marco säuerlich, »ihr kriegt das mit dem

Sex wohl wirklich nur auf die Reihe, wenn das Gefühl stimmt. Während Männer sich immer sagen, wenn's im Bett läuft, geht das mit dem Gefühl schon irgendwie klar.«

»Wir haben eben verschärfte Auswahlkriterien«, sagte Inga leichthin.

»Irrationale Auswahlkriterien.«

»Meinetwegen auch das.«

»Aber ist das nicht eine ganz unnötige Einschränkung, die man sich damit auferlegt?«

»Vielleicht ist es eine sinnvolle. Aus Sicht der Frauen, meine ich. Wir müssen den Vater unseres Nachwuchses mit Bedacht auswählen. Ein emotionale Bindung erhöht die Chance, dass er bleibt, bis das Kind aus dem Gröbsten heraus ist.«

»Jetzt komm mir nicht mit diesem Biologie-Scheiß«, stöhnte er. »Gleich fängst du noch damit an, dass es mir bloß darum geht, meine Gene möglichst weit zu verbreiten.«

»Die Biologie ist mächtiger, als wir denken.«

»Man kann sich aber davon freimachen.«

»Du scheinst mir nicht derjenige zu sein, der das ernsthaft anstrebt.«

»Weil ich nicht einsehe, wozu das gut sein soll, in unserem Fall.« Jetzt sah er verunsichert aus, fast ein bisschen wütend. »Ich habe noch andere Freundinnen, mit denen immer mal was lief, wenn meine Frau und ich gerade mal wieder getrennt waren, und da hat es auch nie Probleme gegeben.«

»Dann werde ich eben eine deiner Freundinnen sein, mit denen nichts läuft, wenn du und deine Frau gerade mal wieder getrennt sind.«

»Und das ist dir lieber?«

»Ja, ganz entschieden.«

»Warum?« Er schüttelte den Kopf. »Ich meine, vielleicht könnte es eine ganz neue Erfahrung sein, auch für dich …«

»Was? Mit jemandem ins Bett gehen, ohne verliebt zu sein?« Inga hätte beinahe laut herausgeprustet.

»Ich meine, fehlt dir *das* denn nicht?«

»Man muss seine triebhaften Begierden auch mal um einer höheren Sache willen zurückstellen können«, sagte Inga hochtrabend.

»Um einer höheren Sache willen? Was meinst du damit?«

Bevor Inga zu einer Erklärung angesetzt hatte, klingelte das Telefon.

Es war Marcos Frau. Das sah Inga an seinem Gesicht. Sie überlegte, ob sie aus dem Zimmer gehen sollte, aber dann dachte sie, dass Marco schließlich genauso gut aus dem Zimmer gehen konnte, wenn er das für nötig hielt. Wozu waren schnurlose Telefone sonst gut.

Sie beobachtete sein Gesicht, während er telefonierte. Er sah glücklich aus, und ein bisschen wehmütig, als er ihr frohe Weihnachten wünschte. Gut so, dachte Inga. Jetzt wäre sie doch gerne aus dem Zimmer gegangen, aber nun konnte sie ebenso gut da bleiben.

»Und?«, fragte sie ihn, als er aufgelegt hatte.

»Was und?«

»Freust du dich?«

»Na ja … doch, irgendwie schon.«

»Also.«

»Ich frage mich nur, warum sie eigentlich angerufen hat.«

»Das ist doch klar.«

»Meinst du?«

Inga grinste nur. »Ich meine, dass ihr euch das mit der Scheidung vielleicht doch noch mal überlegen solltet.«

Marco setzte sich zu ihr auf das Sofa. Er sah verwirrt aus. »Und ich hatte gedacht, *dieses* Ding sei jetzt wirklich mal durch, endgültig«, murmelte er.

»Ich habe das nie gedacht«, sagte Inga fröhlich. »Sagtest du nicht vorhin, dass du noch mehr Wein da hast? Ich glaube, wir könnten jetzt die nächste Flasche anbrechen.«

Bevor Inga das Licht ausmachte, holte sie das Handy hervor.

Es war eine SMS von Heiko gekommen: »He Muggelchen, alles klar? Hoffe Toxic Marco benimmt sich gut. Ansonsten frohe Weihnachten«. Inga schmunzelte, legte das Handy weg und versuchte, es sich auf dem Sofa gemütlich zu machen.

»Und du willst wirklich hier schlafen?«, hatte Marco sie noch einmal gefragt. »Das Sofa ist wirklich sehr kurz. Ich meine, du könntest auch mit in meinem Bett schlafen, das ist viel bequemer. Ganz ohne Hintergedanken jetzt mal.«

Inga hatte dankend abgelehnt: Sie könne neben Menschen, die sie noch nicht so gut kenne, nicht einschlafen, ja, eine dumme Sache sei das, aber leider nicht zu ändern.

Das Sofa war in der Tat sehr kurz. Ihre Füße ragten über die Armlehne hinaus, wenn sie sich ausstreckte. Aber es würde schon gehen.

Inga wurde davon wach, dass die Wohnzimmertür aufging. Es war ein sehr leises Geräusch; trotzdem war sie sofort hellwach.

Sie hielt den Atem an. Die Schritte waren nicht zu hören. Der rote Teppich schluckte alles. Sie versuchte sich daran zu erinnern, wo der Lichtschalter war.

Jetzt stand Marco vor dem Sofa. Inga hatte den Schalter ertastet. Das Licht ging an.

»He!«, sagte Inga. »Was ist los?«

»Hast du schon geschlafen?«

»Natürlich … Wie spät ist es denn?«

»Ist das wichtig?«

Inga rieb sich die Augen und sah auf ihre Armbanduhr.

»Halb drei … Ich habe fest geschlafen.«

»Und ich liege schon seit zwei Stunden wach.«

»Warum denn das?«

Er gab keine Antwort und stand nur da. Inga klopfte auf den Platz neben sich und rückte ein Stück beiseite.

»Vielleicht magst du dich setzen.«

Marco setzte sich. Er sah geradeaus, nach unten auf den Fußboden.

»Also«, sagte Inga. Im Film wäre jetzt der Moment, sich erstmal eine Zigarette anzustecken, dachte sie. Daran kann man sich immerhin festhalten.

Inga wartete. Marcos Unterlippe war trotzig vorgeschoben.

»Ich wollte einfach zu dir rüberkommen und …«

»Und was?«

»Und über dich herfallen. Ich dachte mir, mal sehen, ob sie dann immer noch so schlau daherredet.«

Inga griff nach dem Glas Wasser, das auf dem Tisch vor dem Sofa stand. Nicht so gut wie eine Zigarette, dachte sie. Aber besser als gar nichts. Außerdem rauchte sie ja auch gar nicht. Sie nahm einen Schluck und stellte das Glas wieder ab.

»Und nun?«, fragte sie. »Willst du das jetzt immer noch?«

»Was?«

»Über mich herfallen.«

Er sah sie düster an. »Mach dich nicht über mich lustig.«

»Tu ich nicht.«

»Ich hatte schon meine Vorstellungen, wie dieser Abend verlaufen könnte.«

»Weiß ich.«

»Und warum bist du dann hergekommen, wenn du das wusstest?«

Inga sagte lieber nichts. Sie nahm noch einen Schluck Wasser. Das Glas war gleich leer.

Er sah jetzt wirklich böse aus. »Irgendwie komme ich mir ziemlich dumm vor«, fuhr er sie an. »Wie stehe ich denn nun da?«

»Ist schon in Ordnung«, sagte Inga freundlich. »Jetzt können wir weitersehen.«

»Was weitersehen?«

»Was jetzt übrig bleibt.«

Sein Gesicht hellte sich wieder ein bisschen auf. »Das sagt mein Psychologe auch. Warte ab, was passiert, wenn du sie nicht kriegst, hat er gesagt.«

»Siehst du«, sagte Inga.

Sie plauderten noch eine Zeitlang Abwiegelndes, bis Inga gegen halb vier fand, dass man es dabei belassen konnte, und laut gähnte, ohne sich die Hand vor den Mund zu halten.

Marco stand vom Sofa auf. »Ich glaube, ich gehe dann mal wieder in mein Bett.«

»Meinst du, du kannst jetzt schlafen?«

»Ich denke mal. Also dann … gute Nacht.«

An der Wohnzimmertür drehte er sich noch einmal zu ihr um und grinste.

»Aber das Sofa ist schon sehr kurz, oder nicht«, sagte er.

Reset

»Aber du hast doch jetzt alles, was du immer wolltest!«, sage ich mit einiger Bestürzung.

»Woher weiß ich denn, dass er nicht nur deswegen bei mir bleibt, weil es so das Bequemste für ihn ist?« Milena hat diese steilen, skeptischen Falten zwischen den Augenbrauen, die ich von früher noch so gut kenne. »Carsten ist ein Gewohnheitstier. Der würde niemals das traute Heim verlassen und all die Unannehmlichkeiten einer Trennung auf sich nehmen. Und wenn er noch so verliebt in eine andere wäre.«

Ich starre sie an. Sie hat auch jetzt, mit neununddreißig, noch immer dieselbe makellos schlanke, athletische Turnerinnenfigur. Mein damaliger Freund hatte immer von ihren schmalen, grazilen Händen geschwärmt. Ich war sogar ein bisschen eifersüchtig gewesen, auf diese ballerinahafte, eher spröde Eleganz, die sie immer umweht hatte; aber es war eine wohlwollende, bewundernde Eifersucht gewesen, auf etwas, das so außerhalb meiner Möglichkeiten lag, dass es mich im Grunde gar nicht weiter betraf.

In meinen Augen war an ihr alles makellos schön gewesen, sogar der Name. Milena. Das war etwas anderes als all die Kerstins und Stefanies und Andreas, von denen es in unserem Abiturjahrgang jeweils mindestens zwei gegeben hatte. Ich hatte es ihr auch gesagt, mehr als einmal, immer wieder sogar. Den Mund fusselig geredet hatte ich mir gegen diese kleinen, gemeinen Nadelstiche, mit denen sie sich selbst immer wieder so gepiesackt hatte. Geholfen hatte es offensichtlich nichts.

Denn da sitzt sie nun, mit sehr gerade aufgerichtetem Oberkörper, rührt so heftig in ihrem Tee (teeinfrei, hat sie mir erklärt, weil es sie sonst zu sehr aufregt), dass der Löffel in der Tasse klirrt, und will mir weismachen, dass ihr Mann möglicherweise nur bei ihr bleibt, weil sie ein Haus und zwei Töchter zusammen haben.

»Fällt dir eigentlich etwas auf an mir?«, fragt sie unvermittelt.

Ich mustere sie noch einmal eingehend. »Nö. Außer dass deine Haare jetzt nussbraun und glatt sind. Sehr edel übrigens. Ist das deine Naturhaarfarbe?«

Sie schüttelt den Kopf. »Getönt. Aber das meine ich nicht.« Sie dreht ihr Gesicht ins Profil. »Meine Nase.«

Ich kann schauen, wie ich will, ich sehe nichts an ihrer Nase. Sie ist gerade und hochrückig. Eine Nase, die man nicht verstecken kann und auch nicht zu verstecken braucht.

»Ich hab sie machen lassen«, sagt sie stolz. »Vor fünf Jahren. Siehst du es jetzt?« Sie legt den Finger auf eine Stelle etwas oberhalb der Nasenspitze und dreht den Kopf noch weiter, damit ich es auch ja sehe. »Der Nasenrücken ist jetzt nicht mehr so hubbelig. Wurde abgeschliffen.«

Ich zwinge mich zu einem Lächeln. »Sieht gut aus. Aber auch nicht anders als früher. Die Nase war auch früher schon tadellos.«

Sie runzelt die Stirn; jetzt habe ich ihr die Freude an ihrer Nase ein bisschen verdorben. Aber dieses Spiel kenne ich zur Genüge von früher. Ich habe keine Lust mehr darauf.

Mein Blick wandert verstohlen an ihr herunter, über die straff gespannten Schultern und die deutlich hervortretenden Schlüsselbeine. Das graue Shirt liegt straff und platt an ihrem Brustkorb an. Von ihrem Dekolleté hat sie die Finger gelassen. Zum Glück.

Sie war meine Schulfreundin, die erste und einzige, die ich je hatte. Angefreundet hatten wir uns in der elften Klasse, als sie aufs Gymnasium überwechselte. Vielleicht war es die Tatsache, dass auch meine Nase nicht gerade die unauffälligste ist, die sie zu mir Vertrauen fassen ließ.

Ich gab ihr Nachhilfeunterricht in Englisch, einmal die Woche. So fing es an.

Die Rollen in unserer Freundschaft waren von Anfang klar verteilt. Sie war mit ihrem Äußeren beschäftigt; ich mit meinen Büchern. Eigentlich hatten wir nichts gemeinsam.

Die Bekanntschaft mit Milena eröffnete mir Einblicke in eine Welt, mit der ich bislang nicht in Berührung gekommen war. Ich nahm mit Staunen zur Kenntnis, was für Dinge es waren, die sie umtrieben. Ihr ganzes Denken kreiste nur um eines: um Jungs. Sie ging in Diskos (ein Gedanke, auf den ich bis dahin nicht einmal gekommen war), denn dort war »der Markt«, wie sie sich ausdrückte; dort war die Gelegenheit, »sich ansprechen zu lassen«. Ein einziges Mal ließ ich mich von ihr überreden, mitzukommen. Es war auch das erste Mal, dass ich in eine Disko ging, was weiß ich, was ich erwartet hatte, vielleicht, dass sie ausgelassen auf der Tanzfläche auf- und abhüpfen würde, aber es kam mir nicht so vor, als ob sie gerne dort war, ganz im Gegenteil. Das Tanzen schien für sie eher eine verhasste Pflichtübung zu sein, die ihr offensichtlich nicht den geringsten Spaß machte. Ihre Bewegungen waren vorsichtig, fast gehemmt, als habe sie Angst, ein unbedachter, zu weiträumiger Schritt könne sie auf nicht wiedergutzumachende Weise aus dem Takt werfen. Ihr Haar – blond gesträhnt und voluminös zu einer wilden Lockenmähne aufgeplustert, wie es in den Achtzigern so schwer in Mode war – verstärkte den Kontrast noch. Sie wirkte wie eine steifgliedrige Holzmarionette, die von einem noch sehr ungeschickten, ängstlichen Spieler bedient wurde. Und ihr Gesicht, als wir gingen, drückte Enttäuschung aus. »Wieder mal nichts Annehmbares dabei«, sagte sie bloß. Mehr war von dem Abend nicht geblieben.

Die Grundlage unserer Freundschaft war, dass wir auch nichts hatten, worum wir hätten konkurrieren können, von meinem Busen einmal abgesehen. Der war sehenswert, das wusste selbst ich, und sie neidete ihn mir. Denn zu ihrem großen Kummer blieb sie flach wie ein Bügelbrett. Ihre tollen Beine, ihr strammer Hintern, auf die ich sie freundlich hinwies, konnten dieses Defizit nicht aufwiegen. Sie gehörte zu diesen Menschen, die nur das sehen, was ihnen fehlt.

»Und beruflich?«, frage ich. »Wie läuft es da so?«

Vor drei Wochen haben wir beide einander eine Karte zu Weihnachten geschrieben. An die Adresse unserer Eltern in unserer Heimatstadt, die einzige, die wir noch voneinander hatten. Und das nach fünfzehn Jahren Kontaktlosigkeit, die so konsequent war, wie sie nur eine wirklich große Enttäuschung hervorbringt. Einen konkreten Anlass hat es nicht gegeben. Beide hatten wir offenbar dieselbe spontane Eingebung zur selben Zeit. An Koinzidenz war da natürlich nicht mehr zu glauben. Es musste ein Zeichen sein, das jedwedes Zögern angesichts einer Wiederbegegnung nach fünfzehn Jahren ganz undenkbar erscheinen ließ. Und so sitze ich ihr jetzt gegenüber, als wären seit unserem letzten Treffen nur ein paar Monate vergangen. Aber in Wahrheit weiß ich nicht mehr viel über sie. Nur das Wenige, was sie auf ihrer Weihnachtskarte erwähnt hat. Dass sie verheiratet ist und zwei Töchter hat. Vielleicht hat sie schon längst gar keinen Beruf mehr.

Milena zuckt die Schultern. »Ach ja. Ich arbeite halbtags. Im Innendienst. Keine große Sache. Papierkram.«

Nach dem Abitur war ich studieren gegangen, Milena zur Polizei, nach Berlin. Das hatte sie schon immer gewollt. Während ich ein eher ziel- und planloses Studentenleben begann und mich mit den Tücken herumschlagen musste, die die plötzliche Freiheit so mit sich brachte, zog sie in die Kaserne ein. Wir trafen uns am Wochenende, nicht oft, alle paar Monate, und erstatteten einander Bericht.

Für Milena hatten sich durch das Zusammengepferchtsein mit männlichen Kollegen auf engem Raum gleichsam über Nacht atemberaubend anmutende Möglichkeiten ergeben. Ganz plötzlich schien sie aus einem riesigen Pool schöpfen zu können. Über die Ausbildung selbst wusste sie nicht viel zu erzählen, die schien zu laufen, im Hintergrund, sozusagen. Dafür aber erfuhr ich alle Details über rauschhafte Feiern, wüste Alkoholexzesse und die sich umgehend entspinnenden Beziehungsdramen, die mich irgendwie an frühere Klassenfahrten erinnerten, bei denen sich alles um verbotene nächtliche Ausflüge, heimliche Treffen mit dem anderen Geschlecht und erste feuchte Küsse gedreht hatte. Vor allem aber wusste ich bald schon alles über die Bestückung der anderen Polizeianwärterinnen sowie deren Beziehungsstatus. Marita mit dem Atombusen war absolut solide und hatte einen festen Freund, schon seit langem; Daniela mit den perfekten runden »Fußballtitten« war dabei, sich den gutaussehenden, verheirateten Ausbilder zu angeln, dieses Biest, ausgerechnet den, dabei hätte sie auch jeden anderen haben können; und Silke mit ihren traurig aus der Wäsche guckenden Hängebrüstchen, tja, die schien so die einzige zu sein, die nicht recht jemanden abkriegte. Und das trotz des reichlichen Angebots.

»Niemanden abzukriegen«, das war für Milena das mit Abstand Grauenhafteste, was sie sich vorstellen konnte. Die Liebe zählte, sonst nichts. Ich sollte besser sagen: Die Liebe mit Kleinfamilienglückperspektive. Danach war sie auf der Suche, hartnäckig und systematisch. Alle potentiellen Kandidaten wurden einer strengen Eignungsprüfung unterzogen. Erst, wenn sie bestimmte Vorleistungen erbracht und eine gewisse Leidensfähigkeit unter Beweis gestellt hatten, durften sie auf Erhörung hoffen. Aber auch diese Vorsichtsmaßnahmen brachten nicht den gewünschten Erfolg. Einer nach dem anderen entpuppte sich als »Hallodri«, als »Heiopei«, als »Heute-hier-morgen-da« und wurde aussortiert. Mit der Bindungstauglichkeit der Gleichaltrigen schien es nicht gut bestellt zu sein; Ältere dagegen waren häufig schon in festen Händen oder trugen inakzeptable »Altlasten« auf dem Buckel.

Sie suchte; aber wer fand, das war ich. Wenn auch kein Kleinfamilienglück.

Torsten lernte ich kennen, als ich Milena bei einem Wochenendbesuch in Berlin besuchte. Dass er verheiratet war, störte mich nicht, ich hatte den Ring an seinem Finger gar nicht recht wahrgenommen. Es war Milena, die mich mit düster-warnendem Unterton darauf aufmerksam machte. Aber ich dachte überhaupt nicht darüber nach, was das bedeutete. Verheiratet. Na und. Ich wollte nur zu gerne die Kirsche auf Torstens Kuchen sein, zum ersten Mal rasend verliebt, wie ich war.

In den anderthalb Jahren, die mein Verhältnis mit Torsten dauerte, war ich sehr oft in Berlin, während der Semesterferien manchmal sogar wochenlang. Ich wohnte bei Milena, kochte, putzte, kaufte ein, machte sauber. Ich kannte ihren Dienstplan auswendig. Milenas Wohnung war unser Liebesnest, in das Torsten im Rhythmus ihrer Nacht-, Früh- und Spätschichten ein- und ausflog. Milena und ich rückten mit einem Mal sehr eng zusammen. Das war schön, aber manchmal auch anstrengend.

Sie ertrug meine Höhenflüge mit Fassung; vielleicht konnte sie sie nur ertragen, weil sie auch die Abstürze mitbekam. Und doch, sie beneidete mich.

»Du wirst wenigstens geliebt«, sagte sie einmal.

Die Sache mit Torsten und mir endete schmerzlich. Aber Milena hatte Recht. Ich war geliebt worden. Und ich hatte begriffen, ein für allemal, dass nichts, was mir passierte oder auch nicht passierte, auch nur das Geringste damit zu tun hatte, wie groß oder klein meine Nase war. Oder sonst irgendetwas an mir. Das konnte mir niemand mehr nehmen.

»Aber ist das nicht schade?«, frage ich. »Ich meine, du warst damals die Zweitbeste deines Jahrgangs, landesweit. Du hättest Karriere machen können.«

Sie zuckt wieder die Schultern. »Eine Zeitlang habe ich vielleicht mal damit geliebäugelt, weil es mit Kindern nicht zu klappen schien. Aber als ich dann doch noch schwanger wurde … Dieser Job ist so herrlich familienfreundlich. Man muss eben Prioritäten setzen.«

Schon damals waren es nicht Karriereambitionen gewesen, die sie dazu bewogen hatten, sich um einen Platz an der Polizeihochschule zu bewerben. Es war vielmehr die Überlegung gewesen, dass sich Streifendienst und Kinder auf Dauer kaum miteinander vereinbaren ließen. Und so hatte sie sich schließlich eher widerwillig zur Aufnahmeprüfung angemeldet.

Der Richtige ließ indes noch immer auf sich warten. Immer neue, blindwütige Anläufe unternahm sie, und immer wieder rannte sie sich den Schädel ein. Einmal brach sie in Tränen aus, als sie in irgendeiner Frauenzeitschrift »Zehn Regeln zum Glücklichsein« fand, darunter auch den Rat, regelmäßig guten Sex mit seinem Partner zu haben.

»Wenn ich den mal hätte, den Partner, dann bräuchte ich auch die restlichen neun Regeln nicht mehr!«, schluchzte sie.

Ich sagte ihr, dass sie zu verzweifelt suchte. Aber mir war nicht ganz wohl dabei. Auf der Suche war ich ja auch, irgendwie. War ich vielleicht auch verzweifelter, als ich dachte? Manchmal hatte ich das beunruhigende Gefühl, dass ihre Verzweiflung allmählich auf mich überschwappte. Dafür grollte ich ihr, obwohl ich wusste, dass sie nichts dafür konnte. Aber es ist ja so angenehm, jemand anderem die Schuld geben zu können.

Einmal stritten wir uns erbittert. Ich gab eine Party, zu der ich ein Dutzend Mitstudenten einladen wollte. Wir alberten zusammen herum, als wir die provisorische Gästeliste durchgingen.

»Stefan«, las ich vor. »Wie kommt der auf die Liste? Über den weiß ich eigentlich nur, dass er Medizin studiert, sich mächtig toll deswegen fühlt und auf Blondinen steht.« Ich strich den Namen durch. »Den brauch ich nicht auf meiner Party. Es wird sowieso schon ziemlich voll.«

»Moment mal.« Milena runzelte die Stirn. »Er steht auf Blondinen, sagst du?«

»Ja.« Ich lachte. Dann sah ich ihren Gesichtsausdruck. »Nee, komm. Das meinst du jetzt nicht so.«

Ihr Blick ließ mir das Lachen auf dem Gesicht zusammenschrumpeln wie eine hässlich geronnene Soße im Topf.

»Du könntest ihn meinetwegen einladen«, sagte sie, und was sie nicht sagte, war, dass ich, wenn ich denn eine gute Freundin wäre, es auf jeden Fall tun würde. Ihr pikierter Ton ließ keinen Zweifel daran, dass sie in dieser Angelegenheit nicht den geringsten Spaß verstand. Möglicherweise war dieser Stefan ihr Traummann, er stand auf Blondinen, und ich wollte sie von ihm fernhalten. So sah es für sie aus. Ich hätte es wissen müssen. Sie war wie ein trotziges Kind, das Angst hatte, beim Nachtisch übergangen zu werden.

»Aber du hast diesen Kerl doch noch nie gesehen!«, protestierte ich, wütend angesichts ihrer stummen Unterstellung. »Und der ist auch nicht das, was du suchst, glaub mir!«

»Das kannst du mich dann ja selbst entscheiden lassen«, gab sie wütend zurück.

»Ich mach diesen Blödsinn nicht mit«, sagte ich, jetzt nur noch mühsam beherrscht. »Das ist mir zu kindisch.«

»Ich glaube, du willst ihn nur deswegen nicht einladen, damit ich ihn nicht kennen lerne!«, fuhr sie hoch. »Ich darf wohl erst wieder einen Freund haben, wenn du versorgt bist, oder wie?«

Ich gab nach und lud Stefan ein. Sie hatte ja Recht. Sie war kein Kind mehr und musste nicht beschützt werden. Und sie sollte bloß nicht glauben, dass ich ihr ihn nicht gegönnt hätte, den Herrn Mediziner, den nur Blonde in Wallung brachten.

Zwei Wochen nach der Party lief ich Stefan zufällig über den Weg. Milenas Wunsch war in Erfüllung gegangen: Sie hatte seine Aufmerksamkeit erregt und war für ausreichend attraktiv befunden worden. Zumindest für die Dauer einer Nacht.

Stefan reichte mir knapp über die Schulter, hatte etwas zu eng beieinander stehende Augen, und sein Haar neigte zum Fetten. Es bereitete ihm offensichtlich Mühe, sich auch nur die zwei Minuten auf mich zu konzentrieren, die unsere Unterhaltung dauerte, so wenig interessierte ich ihn. Er fragte, wie es Milena gehe, während sein Blick zwei blonden, hochgewachsenen, apfelbrüstigen Schönheiten folgte, die eben vorbeiwandelten.

Ich hätte ihm sagen können, dass Milena seit zwei Wochen auf seinen Anruf wartete. Aber das tat ich natürlich nicht. »Gut«, sagte ich stattdessen.

»Ganz niedlich, die Kleine«, sagte er und grinste. »Wenn sie mal wieder bei dir ist, sag Bescheid. Aber eine echte Blondine ist die nicht, oder?«

»Das sind meine Mädchen. Amelie, Ronja. Sagt hallo.«

Amelie – ganz die weiche, blonde Elfe, mit Milenas sanft überformten Gesichtszügen, aber einer unverkennbaren Neigung zur Fülle - gibt mir brav die Hand, Ronja – braunhaarig, drahtig, mit schwarzen Nussknackeraugen – versteckt sich halb hinter ihr und kichert.

»Mögt ihr Kakao?«, fragt Milena. Beide nicken.

»Dürfen wir Fernsehen?«, ruft Ronja.

»Meinetwegen. Aber nicht so laut.« Die Kinder setzen sich vor dem Fernseher auf den Fußboden. Ich gehe zu Milena in die Küche, um zu sehen, ob ich ihr etwas helfen kann.

»Ein paar Kekse noch … Für Amelie nicht zu viele, die wird sonst zu pummelig, ganz der Vater eben, da muss ich aufpassen.« Milena steht am Herd und gießt zwei Tassen Milch in einen Topf. »Sag mal, Amelie soll da so einen Aufsatz schreiben, für den Deutschunterricht, und sie weiß nicht so recht, wie sie es machen soll. Würdest du dir den Aufsatz nachher mal ansehen?«

»Klar.«

»Amelie soll ja nächstes Jahr aufs Gymnasium … Das heißt, sie möchte das selbst gerne«, fügt Milena eilig hinzu. »Aber manchmal weiß ich nicht, ob das eine so gute Idee ist. Ich war in der Schule ja nie eine große Leuchte … Ich werde ihr nicht helfen können, wenn sie im Stoff mal nicht mehr mitkommt. Das Niveau ist schon sehr hoch, bei all den Ärzten und Professoren hier in der Gegend, und teuren Nachhilfeunterricht können wir uns nur bedingt leisten.« Sie seufzt. »Und Ronja tut sich schwer in der Schule … Schon immer. Hat wohl in der Schwangerschaft einen

Schaden abbekommen. Wer weiß, was die noch so für Förderung brauchen wird.« Sie rührt mechanisch in dem Topf herum. »Ich hätte ja gerne noch ein drittes. Aber Carsten ist der Meinung, das würde uns überfordern.«

»In der Tat«, sagt Carsten, der in diesem Moment in die Küche kommt. »Das würde uns überfordern. Nicht nur finanziell. Auch nervlich.«

»Wie meinst du das?«, fragt Milena und schiebt angriffslustig die Unterlippe vor.

»Ach komm, wir haben so oft darüber gesprochen.« Er wendet sich zu mir. »Beide Kinder waren Stress pur, von Anfang an. Im wahrsten Sinne des Wortes. Erst klappte es gar nicht. Dann eine Fehlgeburt. Dann zwei Horrorschwangerschaften. Mit Dauerliegen und Dauerheulen und Dauerbangen. Und die Sorgen nehmen immer noch kein Ende.« Er schüttelt den Kopf. »Muss ich nicht nochmal haben.«

»Da hast du's«, sagt Milena schmollend. »Er muss das nicht nochmal haben. Dabei hat er mit den Sorgen doch kaum etwas zu tun. Ich kümmere mich um alles.«

Carsten geht darüber hinweg, als habe er nichts gehört. Er gibt mir die Hand. Sie ist weich, warm und ein klein wenig schlaff.

»Schön, dich kennen zu lernen«, sagt er begütigend. »Tut mir leid, dass du das jetzt mitkriegen musst. Ist so eine Art Dauerstreitpunkt bei uns. Milena begreift nicht, dass ich mir vor allem Sorgen um sie mache.«

Milena klappt den Mund auf und zu, mehrmals, wie ein empörter Fisch, aber ihr Protest entweicht als lautlose Luftblase.

»Hast du eigentlich auch Kinder?«, fragt Amelie, als wir alle zusammen um den Wohnzimmertisch herum sitzen. Sie lässt kein Auge von mir, während sie unter Milenas strengen Blicken gemächlich und unbeirrt einen Keks nach dem anderen vom Teller zieht.

Ich schüttele den Kopf.

»Wolltest du keine?«

»Amelie, bitte!«, fährt Milena scharf dazwischen.

»Ich wollte schon«, sage ich. »Aber es hat sich nicht ergeben. Ich bin viel gereist und habe in verschiedenen Ländern gewohnt. Das wäre mit einem Kind schwierig gewesen.«

»Wie viele Sprachen sprichst du?«, fragt Amelie.

Ich lächele. »Ein paar.«

»Ulrike ging schon früher immer mit ihren Wörterbüchern ins Bett«, sagt Milena. »Zeigst du ihr nachher mal deinen Aufsatz, Amelie?«

Amelie nickt gnädig. »Auch Spanisch?«

»Ich habe zwei Jahre in Nicaragua gelebt. Da spricht man Spanisch.«

»Was hast du da gemacht?«, will Amelie wissen.

»Ich arbeite für eine Zeitung. Die hatte mich da hin geschickt.«

»Nicaragua …« Milena hat die bedenklichen Falten zwischen den Augenbrauen. »Da hast du dich ja bestimmt gegen allerhand impfen lassen müssen. Hepatitis A und B. Oder?«

Nach unserem Bruch damals hatte ich über fünfzehn Jahre hinweg immer wieder diesen Traum gehabt. Ich nannte ihn den Reset-Traum. Er war ganz simpel. Wir trafen uns wieder. Und wir lachten zusammen über alles. Über zu große Nasen und zu kleine Busen. Über die fanatische Suche nach den richtigen Männern. Und über die Angst vor Flecken. Vor allem darüber.

Damals hatte Milenas Geißel Hautkrebs geheißen. Oder besser gesagt: die Angst davor. Sie ergriff Besitz von ihr, nistete sich tief in ihren Eingeweiden ein und wurde fetter und fetter, so üppig wurde sie genährt. Und doch war sie unersättlich. Irgendwann war von Milena nicht mehr viel übrig außer Angst.

Jeden Tag drehte und wendete sie sich mit gerunzelter Stirn vor dem Spiegel, lupfte ihre Unterwäsche und inspizierte ihre Leberflecken durch eine Lupe, als sei ihre Haut eine Landschaft voller Minivulkane, die jederzeit aus ihrem Schlaf erwachen und Verderben spucken konnten. Sie bat mich, ihren Rücken zu untersuchen, den sie selbst nur schwer einsehen konnte, manchmal früh morgens schon, wenn sie eine schlimme Nacht gehabt hatte. Damit ich wusste, was bedenklich war und was nicht, hängte sie ein Poster in ihrem Schlafzimmer auf, das bösartige Hautveränderungen zeigte, so eins, wie es auch der Hautarzt in seiner Praxis hatte. Mit dem sollte ich ihre Exemplare vergleichen. Ein paar Mal versuchte ich, ihr den Gefallen zu tun, aber ich kam mir absurd vor, wie ich da durch das dicke Glas der Lupe auf all diese Pigmentwucherungen glotzte, um diese auf Ausfransungen, Knötchen, Verfärbungen aller Schattierungen oder plötzliche abnorme Vergrößerungen zu untersuchen.

Die große Liebe hatte sie gewollt; bekommen hatte sie einen obsessiv eifersüchtigen Stalker, der sie auf Schritt und Tritt terrorisierte und nichts und niemanden mehr neben sich duldete. Und sie konnte nicht mehr von ihm lassen, so sehr andere ihr auch zuredeten.

Die meisten hielten sowieso den Mund, wohl, weil sie nach einigen Versuchen, sie zur Vernunft zu bringen, begriffen, dass sie sich ganz vergeblich ins Zeug legten. Auch ich spielte brav mit und sagte nichts. Milena ging einmal in der Woche zum Hautarzt. Als der ihr irgendwann empfahl, einen guten Psychologen aufzusuchen, wurde er kurzerhand abgelegt. Wer wusste schon, ob sie nicht auch mich ablegen würde.

Und nun ist es also Hepatitis, warum auch immer. Vielleicht stellt der Hautkrebs, jetzt, da sie nicht mehr nur um ihr Leben fürchtet, sondern auch um das von Mann und Kindern, kein angemessenes Bedrohungsszenarium mehr dar. Als ich sie jetzt über die verschiedenen Formen, Ansteckungswege, Impfmöglichkeiten und Heilungschancen herumdozieren höre, ergreift mich ein so erdrückendes Gefühl der Resignation, dass ich auf den nächsten Stuhl gesunken wäre, wenn ich nicht schon gesessen hätte. Die letzten Überreste meines schönen Reset-Traums zerbröseln binnen Sekunden. Milena befindet sich wieder im ungebremsten freien Fall. Und niemand macht Anstalten, die Reißleine zu ziehen. Ronja kippelt auf ihrem Stuhl vor und zurück und spielt mit Keksresten, Amelie zieht geistesabwesend und lautstark den letzten Rest Kakao durch ihren Strohhalm, und Carsten hört wohlerzogen zu; oder tut zumindest so.

Es sei schon komisch, sagt Milena gerade. Sie seien hierher gezogen, weil sie eine gute Umgebung für die Kinder gewollt hatten. In der man wenigstens vor so etwas relativ sicher sei. Dafür hätten sie sogar in Kauf genommen, dass sie eigentlich über ihre Verhältnisse lebten. Aber trotzdem liefen ihr diese Leute auch weiterhin über den Weg, immer wieder. Auf der Entbindungsstation habe sie so eine auf dem Zimmer gehabt, ausgerechnet sie. Dann diese eine Mutter im Kindergarten, natürlich genau die, mit deren Tochter Amelie unbedingt habe spielen wollen. Eine Ex-Droge. Und sogar eine gute Bekannte, bei der sie es nie im Leben vermutet hätte. Die habe es ihr irgendwann erzählt. Ganz nebenbei. Als ob das völlig harmlos wäre. Ein schlimmer Vertrauensbruch sei das gewesen, und selbstverständlich das Ende der Bekanntschaft. »Ich frage mich nur, warum die alle bei mir aufschlagen«, schließt sie mit einer Stimme, die kurz vorm panischen Überschlagen tremoliert. »Warum ausgerechnet bei mir?«

»Du hast ganz Recht, dir diese Frage zu stellen«, sage ich. »Auffällige Wiederholungen sind es immer wert, genauer betrachtet zu werden.«

Sie starrt mich verblüfft an. »Meinst du das ernst?«, fragt sie unsicher.

»Warum ausgerechnet bei dir?«, wiederhole ich. »Ich kenne keinen einzigen Menschen, der Hepatitis hat. Jedenfalls nicht in diesem Teil der Welt. Erstaunlich, oder?«

»Worauf willst du hinaus?« Schon ist sie wieder misstrauisch. Ich weiß, dass ich jetzt gar nicht mehr anders kann, als weiterzureden.

»Vielleicht kommen diese Menschen zu dir, weil sie wichtig für dich sind.«

»Wichtig?«

»Vielleicht will jeder dieser Menschen dir eine Botschaft über-
bringen«, sage ich fest. »Vielleicht solltest du sie dir anhören. Statt
den Botschafter zu köpfen.«

»Was hast du eigentlich vorhin damit gemeint?«, fragt Carsten,
als Milena die Kinder ins Bett bringt.

»Womit?«

»Mit den Botschaften. Und den geköpften Botschaftern.«

»Ach das.« Ich lache, vielleicht, um nicht so schrecklich besser-
wisserisch zu klingen. »Ist das so schwer zu verstehen? Dass man
sich seinen Ängsten auch mal stellen und ihnen auf den Grund
gehen könnte, anstatt immer nur davor wegzulaufen?«

»Du solltest besser nicht so mit ihr reden.« Der Blick seiner dun-
kelbraunen Augen ist vorwurfsvoll; für einen Mann, der schon
rein körperlich so weich und unaggressiv wirkt, sind das recht
deutliche Worte. »Das regt sie nur auf.«

Ich zucke die Schultern. »Regt es dich nicht auf, dabei zuzuse-
hen, wie sie sich mit diesem Wahn kaputtmacht?«

»Inzwischen geht es doch«, sagt er. »Man muss das ja auch verstehen. In ihrem Beruf hatte sie immer wieder mit diesen Risiko-
gruppen zu tun. Drogensüchtige, Obdachlose und so.«

»Genau. Sie hatte. Als sie noch Streife fuhr. Aber da war es
Hautkrebs. Nicht Hepatitis.«

Carsten geht darauf nicht ein. »Auf jeden Fall ist es so gesehen
ja nur gut, dass sie in den Innendienst gewechselt ist.« Sein Ton
lässt keinen Zweifel daran, dass für ihn das Thema jetzt beendet
ist. »So haben wir alle unsere Ruhe.«

»Macht sie sonst noch etwas?«, frage ich. »Für sich, meine ich.
Sie hat früher immer gerne gemalt.«

Er schüttelt den Kopf. »Keine Zeit, sagt sie. Die Kinder. Und
Geld kostet es ja auch. Nicht, dass ich sie nicht ermutigen würde«,
setzt er vorsorglich hinzu. Das hätte er nicht sagen brauchen, aber
ich verstehe, warum er Wert darauf legt, es an dieser Stelle zu
sagen. »Aber sie sagt immer, sie ist zufrieden so.« Er sieht mich

neugierig an. »Warum habt ihr euch eigentlich damals zerstritten, Milena und du?«

»Es war eine Kinderei«, sage ich langsam. »Eigentlich weiß ich es gar nicht mehr.«

Das stimmt natürlich nicht. Natürlich erinnere ich mich an den Anlass, den Funken, der all meinen lange unterdrückten Ärger hatte hochgehen lassen, wie ein ganzes Munitionslager auf einmal.

Ich war wieder einmal ernsthaft verliebt damals, ohne irgendwelche Hintergedanken an Familiengründung oder Perspektive, einfach nur sinnlos glücklich verliebt, in Sammy, einen afrikanischen Maschinenbaustudenten. Ich hatte ihn Milena vorgestellt, als sie zu Besuch war.

»Kann ich ja verstehen, dass man in seiner Verzweiflung irgendwann zur Zweckbeziehung greift«, hatte sie am nächsten Morgen gesagt. »Hab ich auch schon gemacht. Aber einen Schwarzen? Nee. Könntest du mir nackt vor den Bauch binden.«

Da hatte es mir gereicht.

Ich will nicht mehr darüber reden, nie wieder. »Spielt keine Rolle mehr«, sage ich zu Carsten. »Es war nicht der Rede wert.«

»Vermisst du denn das gar nicht, so etwas wie Familienleben?«, fragt Milena.

Der Abend ist spät geworden, wir sind bei der zweiten Flasche Rotwein.

»Aber wer sagt denn, dass ich das nicht habe, so etwas wie Familienleben«, sage ich.

Ich erzähle von Paul, der geschieden ist und mit seinen zwei Söhnen in England lebt. Wir sind seit drei Jahren zusammen. Ich hatte ihn im letzten Monat meines berufsbedingten Aufenthalts in London kennen gelernt.

»Also eine Fernbeziehung?«

Ich nicke. »Er wollte eigentlich voriges Jahr mit seinen Jungs nach Deutschland ziehen.«

»Eigentlich?«

»Er ist krank geworden. Krebs. Non-Hogdkin-Lymphom. Im Moment sieht es so aus, als ob ich wohl bald wieder nach England zurückgehen werde, um mich um ihn zu kümmern.«

»Das heißt, es geht ihm schlecht?«, fragt Milena. Die weinselige Heiterkeit, mit der sie eben noch in gemeinsamen Erinnerungen wie in einem Karton voll spaßiger alter Fotos gegraben hat, verflüchtigt sich mit einem Schlag. Sie sitzt wieder aufrecht und gespannt da; ein zum Sprung bereiter Tiger. »Wie sind seine Aussichten?«

»Die Ärzte wagen im Moment keine Prognose«, sage ich. »Wir müssen mit allem rechnen.«

Milena ist fahl wie Fertiggrießpudding im Gesicht geworden. Sie dreht den Kopf zur Seite, weg von mir, dann wendet sie sich abrupt mit dem ganzen Oberkörper zu mir.

»Warum hast du das nicht gleich gesagt?«, schleudert sie mir mit schwerer Zunge entgegen.

»Was?« Ich begreife nicht sofort.

»Das mit deinem Freund.«

»Und wenn ich es gleich gesagt hätte?«, frage ich grausam. »Hätte ich auf meine Weihnachtskarte schreiben sollen, du, ich würde dich gerne wiedersehen, aber eines solltest du wissen, mein Freund hat Krebs und stirbt vielleicht? Was wäre dann gewesen? Hättest du dich dann nicht wieder bei mir gemeldet?«

Milena presst die Hände auf die Ohren, legt die Stirn auf die Tischplatte und fängt an zu heulen. Carsten bringt sie nach oben ins Bett.

Ich habe Milena nicht mehr wiedergesehen. Am nächsten Morgen war Carsten alleine nach unten gekommen und hatte mir gesagt, es sei wohl besser, wenn ich jetzt führe. Sie würden sich wieder melden.

Lange Zeit hörte ich nichts mehr von ihr. Meine E-Mails blieben unbeantwortet. Erst nach einem Jahr erhielt ich wieder eine Nachricht.

Ein paar Zeilen unverbindlichen Geplauders hat sie vorweg geschoben, diesen Anlauf hat sie gebraucht, um sich an ihr eigentliches Anliegen heranzuwagen.

Nach meinem Besuch vor einem Jahr sei sie zusammengebrochen, schreibt sie dann. Sechs Monate sei sie in psychiatrischer Behandlung gewesen, erst stationär, dann ambulant. Nun gehe es wieder einigermaßen. Vielleicht könne man sich irgendwann einmal wieder treffen. Sie müsse mich allerdings bitten, Dinge, die Paul angingen, ihr gegenüber in Zukunft nicht mehr zu erwähnen. Es könne einen Rückfall auslösen. Dafür hätte ich sicher Verständnis.

Übrigens sei sie wieder schwanger, das ist das letzte, was sie mir mitteilt. Carsten habe sich schließlich doch noch von einem dritten Kind überzeugen lassen. Er habe begriffen, wie wichtig das für sie sei.

Ich lächele und klicke auf die kleine Mülltonne. Milenas Mail verschwindet im »Gelöscht«-Ordner meines Postfachs wie mein Reset-Traum im Archiv der abgelegten Illusionen.

Wiedergänger

Fünfundzwanzig Jahre. So lange war es her, dass er Karen zuletzt geschen hatte. Gestern Abend, als er ihr den Treffpunkt genannt hatte, an dem er sie abholen würde, und in ihrer Antwort die zwei Worte »Freu mich« standen, war ihm das plötzlich zum ersten Mal mit voller Wucht klar geworden.

Fünfundzwanzig Jahre waren eine lange Zeit. Einen Moment lang fühlte er sich unbehaglich unter der Last der Erwartungen dieser fremden Frau, die er nie wirklich gekannt hatte. Was war es, worauf sie sich freute? Fast wünschte er, ihr schreiben zu können, sie solle wegbleiben. Aber nun war sie auf dem Weg; und morgen würde sie da sein.

Als er jetzt an der Bushaltestelle vor dem Hauptbahnhof hielt, fiel sie ihm sofort ins Auge, unter all den Menschen, die dort in dichten Trauben zusammengedrängt standen. Sie war dort, an dem von ihm bestimmten Treffpunkt, wie selbstverständlich, nach fünfundzwanzig Jahren, in denen er nicht an sie gedacht hatte.

Was ihn dazu bewogen hatte, über Facebook wieder in Kontakt mit ihr zu treten, hatte er selbst nicht gewusst. Aber das war bei vielen seiner Hunderten von Facebook-Kontakten so gewesen. Die meisten von ihnen waren mittlerweile nicht mehr als Gesichter in einer endlosen, mit den Jahren immer weiter anwachsenden Galerie, die ihn umgaben, aber schon lange nicht mehr zu ihm sprachen. Er erhielt eine Nachricht, die ihn darauf hinwies, wenn sich bei einem von ihnen etwas verändert hatte; sonst hätte er es vermutlich bei den allermeisten nicht einmal bemerkt.

Es machte ihm nichts aus. Sie waren seine stummen, anspruchslosen Begleiter, die ihn an längst und unwiderruflich vergangene Phasen oder auch nur Augenblicke seines Lebens (einen Tag, einige Stunden) erinnerten, und solange sie nichts von ihm verlangten und nicht durch befremdendes Benehmen aus der Masse hervortraten, hatten sie etwas durchaus Tröstendes.

Wiederentdeckt hatte er Karen über eine gemeinsame frühere Bekannte. Sie war damals eine dieser Rebellentum ausstrahlenden, aufmüpfigen Figuren gewesen, die keine Regel einfach so akzeptierten. Vermutlich war es in ihrem Fall reine Neugier gewesen. Er hatte wissen wollen, wie es mit ihr weitergegangen war; ob auch sie sich letztendlich in die Schranken einer bürgerlichen Existenz hatte zwängen lassen.

Er ließ den Motor laufen und stieg aus. Sie hatte ihn ebenfalls gesehen und kam mit schnellen Schritten auf ihn zu. Er erfasste, dass sie einen schwarzen, taillierten Mantel und enge, ihre sehr schlanken Beine betonenden Jeans trug. Ihre punkige Schrillheit von damals war dezenter, unaufdringlicher Eleganz gewichen. Er zögerte kurz, schickte sich an, sie zu umarmen, nahm aber davon Abstand, als er sah, dass sie in jeder Hand ein Gepäckstück hielt, das sie hätte absetzen müssen.

»Lass uns verschwinden, das ist ja ein schreckliches Gewühl hier!«, sagte sie lachend. Er nahm ihr die große Reisetasche ab und öffnete ihr die Tür seines alten Passat Kombi.

Er spürte, dass sie ihn während der Fahrt ganz ungeniert von der Seite musterte, und blickte verlegen geradeaus. Erst an der ersten roten Ampel wagte er es, sie anzusehen.

»Du hast dich ja gar nicht verändert«, sagte er erstaunt. »Nur deine Haare ... Die waren anders. Rot, oder?«

Sie nickte. »Alarmrot. Passte damals zu meiner Stimmung.« Ihr Haar war jetzt dunkelblond, schulterlang und welliger, als er es vor Augen gehabt hatte. Ihr Gesicht wirkte kantiger, weniger weich als vor fünfundzwanzig Jahren, aber der Blick der rauchgrauen, wachen Augen war unverkennbar ihrer, präsent, immer beobachtend, und erinnerte ihn daran, dass sie damals immer für eine sarkastische Spitze gut gewesen war, ohne Ansehen der Person. Er hatte ihre Selbstsicherheit früher als ein wenig einschüchternd empfunden.

Sie betrachtete ihn prüfend und grinste. »Und du hast gar keine Haare mehr. Aber sonst – gut gehalten.«

Er lachte gutmütig mit. Sie war noch nie diplomatisch gewesen. Dafür hatte er sie insgeheim immer bewundert.

Sie hatte es auf Facebook nicht lange ausgehalten. Nach drei Monaten, in denen die Nachrichten zwischen ihnen ganze Abende lang nur so hin- und hergeschwirrt waren, hatte sie ihm mitgeteilt, dass sie ihren Account schließen werde. Alles auf Facebook öde sie an oder rege sie auf, und um mit ihren wirklichen Freunden in Verbindung zu bleiben, sei Facebook das letzte, was sie brauche. Sie hatte Recht behalten: Sie hatten Facebook nicht nötig gehabt. Und als sie ihm erzählt hatte, dass sie im Herbst sowieso in der Gegend sei, war es für sie beide keine Frage gewesen, dass sie ihn besuchen kommen würde.

»Wir holen jetzt eben Lea von der Schule ab«, sagte er. »Sie muss sich heute Nachmittag um ihr Pflegepferd kümmern. Wir können in der Zwischenzeit spazieren gehen und noch etwas fürs Abendessen einkaufen. Ich hoffe, das ist dir recht.«

»Alles prima«, erwiderte sie.

»Und würde es dir etwas ausmachen, nachher, wenn Lea mitfährt, hinten zu sitzen?« Er hüstelte und hoffte, sie würde seine Bitte nicht als Zumutung empfinden. »Ich weiß nicht, wie sie es fände, auf den Rücksitz verbannt zu werden.«

Sie lächelte und legte ihre Fingerkuppen auf seinen Handrücken. Ganz kurz nur; aber er spürte den kühlen, festen Druck noch lange über die Dauer der Berührung hinaus.

Lea gab Karen, die ausgestiegen war, zur Begrüßung höflich die Hand. Karen setzte sich hinter sie auf den Rücksitz.

»Woher kennst du Papa?«, fragte Lea Karen nach einigen Minuten Fahrt.

»Oh, das ist lange her. Damals hatte er sogar noch Haare. Volles, immer wohlgekämmtes, dunkelbraunes Haupthaar.« Karen warf ihm im Rückspiegel ein schnelles Lächeln zu, das er aus dem Augenwinkel auffing. »Wir haben im Schulorchester zusammen gespielt. Dein Vater Fagott, ich Klarinette.«

»Und machst du heute auch Musik, wie Papa?«

Karen schüttelte den Kopf. »Ich war nicht annähernd gut genug dafür. Dein Vater dagegen … Wir wussten damals schon alle, dass er Musiker werden würde und nichts anderes.« Sie drehte sich halb zu ihm hin. »Sag mal, wie bist du eigentlich ans Fagott gekommen? Habe ich mich immer schon gefragt. War das deine große Leidenschaft?«

»Nö.« Er zuckte die Schultern und spürte, dass eine gewisse übermütige Heiterkeit unerklärlicherweise wie prickelndes Brausepulver in ihm aufstieg. Vielleicht war es doch gut gewesen, dass sie nun gekommen war. »Ich hatte die Wahl zwischen Trompete, Kontrabass und eben Fagott. Das waren die Instrumente, die für das Orchester noch gebraucht wurden. Da fiel die Entscheidung nicht schwer.« Ohne recht zu wissen, warum, fügte er noch hinzu: »Ich war ja auch schon sechzehn, als ich mit Fagott anfing.«

»Schon sechzehn?« Er hatte es nicht darauf angelegt, sie zu beeindrucken, aber genau das war der Effekt. »Das zeigt, wie begabt dein Vater war«, sagte Karen zu Lea. Die nickte andächtig.

»Oder vielleicht auch nur, dass Fagott dann wohl doch kein so schwieriges Instrument sein kann«, sagte er.

Lea und Karen hatten gemeinsam darüber beraten, was es zum Abendessen geben könnte, und beide für Pizza plädiert. Und so hatte er Pizza bestellt, eine mit Salami für Lea und zwei mit vegetarischem Belag für Karen und sich. Er war ihr sehr dankbar für ihre Unkompliziertheit. Die Frage, was sie wohl gerne würde essen wollen, hatte ihn in der Nacht zuvor eine lange Zeit wach gehalten.

»Du kannst aber ganz schön was weghauen«, sagte er verblüfft. Karen hatte ihre Pizza binnen weniger Minuten aufgegessen und keine Krume übrig gelassen, nicht einmal die Kruste.

»Mama isst fast nie viel«, bemerkte Lea. Er wollte Karen nicht mit Irina vergleichen. Aber auch ihm war dieser Gedanke schon gekommen.

Nach dem Essen hatten sie zusammen Pferdequartett gespielt, und Karen hatte ihnen auf Leas Bitte Voltigiervideos auf dem Laptop gezeigt, die sie auf Turnieren von ihrer Tochter Ariane und ihrer Mannschaft gedreht hatte. In den Videos trug Ariane, ein schmächtiges, hellhaariges Mädchen, einen silberfarbenen, eng anliegenden Turnanzug mit einem schwarzglitzernden Gürtel und wurde von einem großen Mädchen auf dem Pferderücken in schwindelerregende Höhen zum Handstand hochgestemmt, dann an eine andere weitergereicht, um deren Leib jongliert und sicher wieder auf den Boden herunterbefördert. Lea riss vor Bewunderung die Augen auf.

»Wie alt ist Ariane?«, wollte sie wissen.

»Da ist sie neun«, antwortete Karen. »Aber jetzt wird sie schon bald fünfzehn.«

»Das ist so toll … Übt sie viel?«

»Sie hat fast jeden Tag geübt. Sport war ihr ein und alles.«

»War?«, fragte er. »Voltigiert sie denn jetzt nicht mehr?«

»Nein«, sagte Karen. Nur dieses eine Wort. Aber es war etwas Abweisendes darin, an dem jede weitere Frage abprallte.

Um zehn vor sieben klingelte es Sturm an der Tür.

»Oh nein«, prustete Lea. »Das ist bestimmt wieder Mama.«

»Was wollte sie denn diesmal?«, fragte Karen, als Lea im Bett war und sie bei einem Glas Rotwein nebeneinander auf dem Sofa im Wohnzimmer saßen. Den Wein hatte er extra noch besorgt; er hoffte, dass er annehmbar war. Er selbst trank so gut wie nie, schon gar nicht allein. Und nach den Gläsern hatte er lange suchen müssen, bis er sie zu seiner großen Erleichterung im hintersten Winkel des Küchenschranks wiederfand.

»Ach, was wollte sie«, sagte er fast beschämt. »Ein Schulbuch vorbeibringen, das Lea morgen braucht. Angeblich.« Es war ihm peinlich, sie schon wieder mit diesem banalen, sein Leben seit zwei Jahren beherrschenden Kleinkrieg zu behelligen, der zwischen ihm und Irina tobte. »Und dann kam wieder der übliche Rundumschlag.« Er widerstand der Versuchung, sich in Einzelheiten zu ergehen. »Ich bin halt der Verpisser. Das ist ihre Standardbeschimpfung für mich. Und einen Anlass, den findet sie immer.«

»Der Verpisser«, wiederholte Karen. »Interessant. Wie kommt sie dazu?«

»Ich habe sie verlassen«, sagte er. »Zwei Mal. So ist ihre Sicht der Dinge.«

»Ihr wart ein Paar damals ... Ich erinnere mich.« Die rauchgrauen Augen hatten jetzt den spöttisch-süffisanten Ausdruck, den er noch so gut von früher kannte. »Irina mit ihrem Prinzessinnengehabe, in die das halbe Orchester verknallt war. Die alles übertönte mit ihrer verdammten Piccoloflöte. Aber das passte. Absolut.«

»Warst du ein bisschen eifersüchtig, damals?«, wollte er wissen. »Sei ehrlich.«

Sie überlegte einen Augenblick. »Ich habe sie immer verachtet, wenn sie den Kopf so schief legte ... Auf diese kleinmädchenhaftschmachtende Art ... Rette mich, ich bin so hilflos.« Sie versuchte es nachzumachen, es sah komisch aus, auch ein bisschen gehässig, und sie kicherten beide. »Du weißt, was ich meine. Sie brauchte das Gefühl, einfach jedem gefallen zu können.«

Er wusste es, natürlich.

»Nein, ich war nicht eifersüchtig. Ich wollte nie eine Prinzessin sein. Vielleicht bin ich deswegen auch nie wie eine behandelt worden.« Sie rollte mit den Augen. »Mich hat es gewundert ... Ihr beide damals. Ausgerechnet du. Wo sie doch jeden hätte haben können.«

Er lachte trocken auf. »Sehr schmeichelhaft für mich, wie du das sagst.«

»So meine ich es nicht«, sagte sie entschuldigend. »Ich meine, warum sucht sie sich ausgerechnet den aus, der für sie viel zu gut war.«

»Ich glaube, sie hielt mich für den trotteligsten von allen«, murmelte er. »Der alles mit sich machen lassen würde.«

Er hatte viel mit sich machen lassen. Aber nicht alles.

Ihr erstes Zusammensein hatte nach drei Jahren geendet, als sie, ohne ihm ein Wort zu sagen, mit einem anderen in den Skiurlaub gefahren war und sich erst zwei Wochen später, als sie wieder zu Hause war, bei ihm zurückgemeldet hatte, als sei nichts gewesen. Schon vorher war ihm Gerede zu Ohren gekommen, über Techtelmechtel, die sie hinter seinem Rücken gehabt hatte, das er mit verzweifelter Entschlossenheit ignoriert hatte. Aber mit einem Male hatte ihn alle Kraft verlassen. Er hatte einfach nichts mehr sehen und hören wollen, keine arglosen Unschuldsmienen, keine verlogenen Beteuerungen, dass alles ganz anders sei, als er es sich ausmale; er hatte sie nur noch aus seinem Leben verbannen wollen, ein für allemal.

Fünfzehn Jahre lang war ihm das gelungen. Aber dann war sie ihm wieder über den Weg gelaufen.

»Natürlich war es Wahnsinn, sich noch einmal mit ihr einzulassen.« Er saß da mit hängendem Kopf, und einen Moment lang spürte er ein Schluchzen in seiner Kehle aufsteigen. Er schluckte es mit aller Anstrengung hinunter und räusperte sich heftig. »Aber ich konnte nicht anders. Wir waren noch nicht fertig miteinander. Und ich dachte, es könnte eine Chance sein. Dass doch noch alles gut werden könnte. Schicksal eben. Und dann war sie auch schon schwanger … Nach unserem dritten oder vierten Treffen. Ein Unfall. Sagte sie.«

»Und? Hast du ihr geglaubt?«, fragte sie.

Er ließ die Schultern resigniert fallen. »Habe ich mich selbst auch schon oft gefragt.«

Fünf Jahre später war die Sache mit diesem anderen von damals dann wieder aufgeflackert. Vielleicht hatte sie auch nie geendet, er wusste es nicht. Gewisper am Telefon, das erstarb, wenn er dazukam; SMS-Nachrichten, die ihr ein gewisses, hastig wieder glatt gezogenes Lächeln entlockten; häufige Besuche bei Freundinnen, deren Namen er bis dahin noch nie gehört hatte. Die Anzeichen waren eindeutig. Dennoch hatte er die Augen verschlossen. Bis Irina mit Lea in den Skiurlaub fuhr, während er mit dem Orchester auf Tournee ging, in denselben Ort, in dem auch der andere abgestiegen war. Der Schwindel flog auf, weil Lea sich verplappert hatte.

»Wie in einem ganz schlechten Film.« Er legte beide Hände an die Schläfen. »Jedes Klischee bedient.«

Sie habe alles dreist abgestritten. Nicht, dass sie in demselben Skiort war und ihn getroffen hatte; aber dass etwas zwischen ihnen gewesen war.

»Ich konnte nicht mehr.« Er sah sie beinahe ängstlich an. »Kannst du das verstehen?«

Sie legte ihm nur den Arm um die Schulter.

»Wenn sie es wenigstens zugegeben hätte.« Er seufzte. »Aber den Gefallen hat sie mir nicht getan. Natürlich nicht. Warum hätte sie auch. Warum dieses eine Mal.«

Als er am nächsten Morgen die Tür zum Wohnzimmer öffnete, war sie schon wach, angezogen und dabei, den Abwasch vom Vorabend zu machen.

»Und, gut geschlafen?«, fragte er, ein wenig schuldbewusst, weil er ihr kein besseres Lager als das Sofa hatte anbieten können. »Heute Abend, wenn Lea wieder bei Irina ist, kannst du sonst auch gerne in meinem Bett im Schlafzimmer übernachten. Dann gehe ich aufs Sofa.«

»Nein, nein, nicht nötig, alles bestens.« Sie lächelte. »Allein im Doppelbett, da fühle ich mich verloren. Ariane hat lange neben mir im Bett geschlafen. Und später habe ich mir dann ein neues Bett gekauft. Ein schmales, nur für mich.«

Auf dem Weg zur Probe setzten sie Lea an ihrer Schule ab.

»Sie hat mir gesagt, dass sie dich nett findet«, sagte er, als Lea sich winkend entfernte.

»Ich finde auch, dass du eine nette Tochter hast«, antwortete sie.

»Ist Ariane jetzt eigentlich bei ihrem Vater?«, fragte er. Sie nickte. Er hätte gerne mehr erfahren über ihre Tochter und deren Vater. Aber wiederum lag so wenig Einladendes in diesem Nicken, dass er sich nicht weiter vorwagte.

Wieder hatte er einen Anflug von schlechtem Gewissen, weil er während der nächsten fünf Stunden keine Zeit haben würde, sich um sie zu kümmern. Doch sie unterbrach seine zaghaften Versuche, sich zu entschuldigen, mit einem freundlichen Schulterklopfen und marschierte auf die Stuhlreihen im ansteigenden Parkett zu.

Es war eine ganz normale Probe, und er hatte leichte Kopfschmerzen nach dem ungewohnten Wein gestern Abend. Aber er spielte seine Soli heute mit besonderer Sorgfalt; als ob sie nur auf ihn achten würde.

In der Pause gingen sie zusammen einen Kaffee trinken. Sein Kollege, dem er sie kurz als alte Freundin vorstellte, warf ihr neugierige Blicke zu. Er konnte seine Gedanken lesen.

»Alte Freundin, sagst du?«, fragte er, als Karen zur Toilette ging. Er nickte. »Von ganz früher.«

»Ihr klingt beide so Norddeutsch«, sagte sein Kollege. »Da fühlst du dich wie daheim, was.«

Ihm war es noch gar nicht aufgefallen, aber sein Kollege hatte Recht. Es war schön, jemanden Norddeutsch rcdcn zu hören. Er hatte sich nie an das in dieser Gegend gesprochene Idiom gewöhnen können.

Karen kam wieder zu ihnen an den Tisch. Er beobachtete seinen Kollegen. Der fand sie attraktiv. Das war offensichtlich. Er ertappte sich dabei, dass diese Erkenntnis bei ihm ein leichtes, beunruhigendes Ziehen in der Magengrube hervorrief.

Nach der Pause verabschiedete Karen sich; sie wollte einen Bummel durch die Innenstadt machen. Er hatte schlagartig mit einer fast unwiderstehlichen Müdigkeit zu kämpfen, wie so oft während der Proben. All der Eifer, den er vorhin noch an den Tag gelegt hatte, war von einem Moment zum anderen von ihm gewichen. Er hatte Mühe, die Augen offen zu halten. Nach knapp zwei Stunden war sie wieder da, sie saß im Parkett, genau an dem Platz, wo sie vorhin auch gesessen hatte. Er hatte schwören können, nicht hingesehen zu haben, er hatte sogar bewusst darauf geachtet, es nicht zu tun, aber dennoch bemerkte er ihr Wiederdasein sofort. Und so plötzlich, wie ihn die Lethargie vorhin überfallen hatte, war sie nun auch wieder zerstoben. Nach Ende der Probe eilte er ihr beschwingt entgegen.

»Und, wie hat dir die Innenstadt gefallen?«, fragte er.

»Kalt, protzig, seelenlos. Nicht der Rede wert.« Sie zuckte die Schultern; er hätte sie für diese kurze, treffende Charakterisierung umarmen können. »Hast du Hunger? Ich möchte Lea und dich gerne zum Essen einladen.«

»Bringst du sie nicht zur Tür?«

»Nein. Ich habe jetzt keine Lust auf dieses Gezeter.« Er legte den Gang ein, winkte Lea noch ein letztes Mal zu und wendete. »Wetten, gleich geht das Bombardement los?« Er fingerte an seinem Telefon. »So, erstmal den Ton ausgeschaltet. Ich les das später. Wenn ich es überhaupt lesen muss.«

Zu Hause angekommen fragte er sie, ob sie noch etwas essen wolle.

»Nein, danke.« Die Maultaschen lägen doch schwer im Magen, meinte sie.

»Aber den Wein, den trinken wir noch aus«, sagte er, entkorkte die Flasche und verteilte den restlichen Inhalt auf zwei Gläser. »Der wird mir sonst schlecht, wenn du morgen wieder weg bist.«

Sie setzten sich aufs Sofa. Er zündete eine Kerze an und stellte Erdnüsse und Salzstangen auf den Beistelltisch. Auf dem unteren Bord des Tisches lag noch immer der Umschlag, den er vor zwei

Wochen dort abgelegt hatte. Er griff danach, drehte und wendete ihn, wollte ihn wegpacken; und brachte es doch nicht fertig.

Karen war dabei, etwas zu erzählen. Er hatte die letzten Sätze aber nicht mehr mitbekommen. Noch einmal versuchte er, die Frage beiseite zu schieben, die schon seit einer ganzen Weile hervordrängen wollte, um dann doch damit herauszuplatzen.

»Entschuldige, dass ich dich so unhöflich unterbreche. Ich wollte dich … etwas ganz anderes fragen. Findest du, dass … Ich meine, siehst du bei Lea irgendetwas … von mir?«

Er wusste, sie würde nicht lügen, um ihn zu schonen. Genau darum hatte er sie fragen müssen.

Sie sah ihn sekundenlang an, wie abwägend, aber nicht überrascht. »Nein«, sagte sie dann. »Ich sehe Irina … Und etwas, das ich nicht zuordnen kann.«

Er nickte niedergeschlagen. »Ich auch.«

»Was aber nichts heißen muss«, schob sie eilig nach.

Er stimmte ihr zu. Es müsse nichts heißen; aber es könne durchaus sein, dass Lea nicht seine Tochter sei. Etwa zu derselben Zeit habe Irina gerade wieder etwas am Laufen gehabt. Zumindest könne er das nicht ausschließen.

»Wieder dieser andere?«, wollte sie wissen.

»Ja.« Er presste gequält die Lippen aufeinander. »Ich hab ihn nie gesehen … Aber er ist immer wiedergekommen, immer, wenn ich dachte, jetzt ist er endlich weg.« Er starrte auf den Umschlag. »Ich habe einen Test machen lassen. Das ist das Ergebnis. Ich habe mich noch nicht getraut, es aufzumachen«, fügte er überflüssigerweise hinzu.

»Und?« Sie sah ihn an, ohne mit der Wimper zu zucken. »Was wirst du tun?«

Er vergrub das Gesicht in den Händen. »Ich weiß es nicht.« Er legte den Umschlag auf den Tisch zurück. »Alle sagen, ich müsste Gewissheit haben.«

»Und du?«, fragte sie weiter. »Musst du Gewissheit haben?«

»Ich weiß es nicht«, wiederholte er. »Ich habe einfach bloß Angst.«

Sie beschlossen, sich einen »Tatort« anzusehen, einen aus dem Norden mit Kommissar Borowski, in dem die Menschen Norddeutsch sprachen wie sie selbst. Sie kannte die Folge und meinte, dass sie sehenswert sei. Es stimmte; auch was den »Tatort« anging, waren sie fast immer der gleichen Meinung. Aber er war nicht bei der Sache. Zu verwirrend war es, neben ihr auf dem Sofa zu liegen und sie so dicht neben sich zu haben, dass er ihre Körperwärme spürte.

Er hatte vor ihrem Besuch wohl kurz einmal in eine bestimmte Richtung gedacht, aber den Gedanken dann als zu unsinnig verworfen, um weiter verfolgt zu werden. Er hatte damals nur Augen für Irina gehabt; und sie für einen großmäuligen Posaunisten, der sie meistens vollkommen ignoriert hatte. Aber jetzt, wie er da Seite an Seite so mit ihr lag, war mit einem Mal alles anders. Nicht, dass sie irgendetwas tat; sie sah auf den Bildschirm und verfolgte das Geschehen aufmerksam. Aber sie tat auch nichts, um den körperlichen Kontakt zu vermeiden. Ihr Fuß streifte gerade eben seinen Knöchel, ihr Oberschenkel lag über seine gesamte Länge eng an seinem. Die Berührung ließ sein Herz schneller schlagen, aber er konnte sie nicht deuten. Sie konnte Zufall sein, nichts weiter bedeuten.

Der »Tatort« war zu Ende. Sie setzte sich halb auf.

»Und, hat's dir gefallen?«

Er nickte. »Du glühst ja«, sagte er und legte ihr ganz vorsichtig die Hand an die Stirn.

Sie saß ruhig da und wartete, bis er seine Hand zurückzog, plötzlich wieder sehr verunsichert, und nahm sie in ihre.

»Hast du vorher nicht einmal daran gedacht, was zwischen uns passieren könnte?«, fragte sie.

»Doch.« Er senkte den Kopf. »Aber ich will all das in meinem Leben nicht mehr.«

»All das?« Sie runzelte die Stirn.

»All das … unschöne Drumherum.« Er starrte in die Flamme der ruhig brennenden Kerze. »Ich weiß, was daraus entsteht. Schmerz. Einengung. Ausgeliefertsein.«

»Wer sagt denn, dass es so sein müsste? Vielleicht ginge es ja auch anders. Vielleicht könnte es schön sein … Heute Abend. Ohne … Drumherum.«

»Ich weiß nicht. Ich habe das nie erlebt. Und wenn ich das ausprobieren wollte, dann sicher nicht gerade mit dir.« Er hoffte, dass sie verstehen würde, was er sagen wollte. Leiser setzte er hinzu: »Und was für einen Sinn hätte es, selbst wenn es schön wäre, jetzt, heute Abend? Es hat doch keine Zukunft. Du bist so weit weg. Und morgen reist du wieder ab. Und dann würde es mir schlecht gehen.«

Sie schwieg einen Augenblick. »Aber vielleicht könnte es dir helfen. Wenn es schön wäre.«

»Wobei?«, fragte er verzweifelt.

»Die Wiedergänger aus deinem Leben zu vertreiben«, sagte sie.

»Bist du mir böse?«, fragte er sie am nächsten Morgen.

»Warum sollte ich dir böse sein?« Sie lächelte ihn an. Er war erleichtert. Er hatte beinahe die ganze Nacht wach gelegen und darüber nachgegrübelt, ob er etwas falsch gemacht und sie möglicherweise enttäuscht hatte. Aber nein. Da war keine Verstimmung in ihrem Gesicht.

»Sag mal … Ich wollte dich noch fragen … Fandst du mich eigentlich schon damals attraktiv?«

»Damals?« Sie schüttelte den Kopf. »Nein. Du warst ein blasser, sanfter, stiller Junge mit wunderschönen großen braunen Augen, der hinter seinem Fagott verschwand.«

»Und jetzt bin ich ein verkorkster, geschiedener, kahlköpfiger alter Knacker«, versuchte er zu scherzen.

Ihr Ton war amüsiert, aber auch eine winzige Spur angriffslustig. »Ach, komm. Da kann ich locker mithalten. Bis auf die

Kahlköpfigkeit, natürlich. Verkorkst, alt. Irgendwo kurz vor den Wechseljahren. Und noch nicht mal geschieden. Immer nur ledig gewesen. In den Augen vieler ein schwerwiegender Makel.«

Er verschluckte sich an seinem Kaffee. »Aber ich würde dich doch niemals so sehen!«, sagte er entgeistert.

»Weiß ich.« Ihr rauchgrauer Blick war jetzt streng. »Ich wollte dir auch nur vor Augen führen, wie absurd es war, was du gerade über dich selbst gesagt hast.«

Auf dem Weg zur U-Bahn-Station plauderten sie, irgendetwas, Belangloses, um die noch verbleibenden Minuten bis zum Abschied mit etwas zu füllen, das keinen Raum für Traurigkeit ließ. Er wusste nicht, ob sie auch traurig war. Er jedenfalls war es.

Sie löste ihre Fahrkarte zum Hauptbahnhof. Nun standen sie sich gegenüber.

»Willst du nicht lieber schon gehen?«, fragte sie.

Er schüttelte den Kopf. »Nein. Ich warte, bis ich sicher bin, dass du in die richtige Bahn gestiegen bist.«

Sie lächelte. In seinen Augen stachen aufsteigende Tränen. Er blinzelte sie zurück. Noch drei Minuten, dann würde die Bahn einfahren.

»Ich bin dir nicht böse«, wiederholte sie. »Du hast alles richtig gemacht.«

»Meinst du?«

Sie nickte. »Aber du solltest dich fragen, ob ich wirklich – so weit weg bin, wie du denkst.« Sie umarmte ihn und küsste ihn schnell auf den Mund. Bevor er es recht begriffen hatte, löste sie sich auch schon wieder von ihm und fuhr schnell fort: »Ich wollte dir noch etwas zeigen.« Sie nahm ihr Portemonnaie aus ihrer Handtasche, öffnete es und nahm ein Foto heraus. »Das hier. Das letzte Bild von Ariane.«

Er starrte auf das Foto. Es zeigte ein geisterhaft lächelndes, abgemergeltes Kind mit kahlem Kopf, hohlen Wangen und fahler Gesichtsfarbe in einem Krankenhausbett. In seiner Armbeuge steckte ein Infusionsschlauch. Nichts erinnerte mehr an das Madchen, das so strahlend in dem silberfarbenen Anzug hoch auf dem Pferd geturnt hatte.

Jeder hatte solche Fotos schon einmal gesehen, und jeder wusste, was sie bedeuteten. Ihm wurde schwindelig.

Sie drehte das Foto langsam um. Auf der Rückseite stand ein Datum. Und daneben ein Kreuz.

»Sie ist gestorben«, sagte sie. »Vor drei Jahren. Sie hatte Knochenkrebs.«

»Warum hast du nie etwas davon gesagt?« Er wusste kaum, was er sagte, nur, dass es etwas Dummes, Albernes war.

Sie lächelte wieder. »Ich wollte nicht, dass du meinst, etwas sagen zu müssen. Alle meinen, etwas sagen zu müssen, aber niemand weiß, was. Also wozu.«

Die Bahn fuhr ein. Sie steckte das Foto sorgfältig wieder an seinen Platz in ihrem Portemonnaie zurück.

»Vielleicht ist es gar nicht wichtig, ob du Leas biologischer Vater bist. Letztendlich, meine ich.« Sie hob ihre Tasche vom Boden und hängte sie sich über die Schulter. Die Türen öffneten sich mit leisem Zischen. Sie stieg ein, drehte sich um, winkte ein letztes Mal. »Mach's gut. Wir lesen uns.«

Er stand da und schaute der sich entfernenden Bahn nach. Die Tränen strömten jetzt über seine Wangen. Er versuchte nicht länger, sie aufzuhalten.

»Du wolltest mich sprechen?«

Irina hatte ihn kurz nach der Probe angerufen und ihm gesagt, dass sie ihn sehen müsse. Widerstrebend hatte er versprochen, abends bei ihr vorbeizukommen. Auf dem Weg hatte er gerätselt, was sie von ihm wollen könnte. Am Telefon hatte sie sich nicht klar ausgedrückt. Vielleicht, hoffte er, brauchte sie nur eine Unterschrift von ihm.

Da stand sie vor ihm in der Tür, ihm kaum bis zur Schulter reichend. Ihre dünnen, kleinen Finger kneteten an dem Saum ihrer hellgrauen Strickjacke herum, und ihr Kopf war ganz leicht schief gelegt, kleinmädchenhaft-schmachtend, genau, wie Karen es beschrieben hatte.

»Magst du einen Kaffee?«

Er zog sich die Schuhe aus, hängte seinen Mantel im Flur auf und trat zögernd in die Küche

»Setz dich doch.«

Sie stellte eine Tasse Kaffee vor ihm ab und setzte sich zu ihm an den Küchentisch.

Er nahm einen Schluck; zu hastig, er verbrannte sich die Zunge. »Also, was gibt's? Ich wollte an sich noch ins Funkhaus und üben.«

»Oh, ist dein Besuch wieder weg?« Natürlich; Lea hatte ihr davon erzählt. Warum auch nicht. Sie hatte keinen Grund gesehen, es nicht zu tun. Und es gab ja auch keinen.

»Karen ist heute Morgen wieder gefahren, ja.«

»Und, war es nett?« Ihre Stimme hatte das, was er den Kätzchenton nannte. Schnurrend freundlich; zum Spielen aufgelegt; tückisch. Er wusste, er musste auf der Hut sein.

»Nett. Ja.«

Sie stand auf, ging zum Kühlschrank und holte eine Flasche Weißwein hervor.

»Vielleicht magst du lieber ein Glas Wein als Kaffee?«

»Nein danke.« Er rutschte unbehaglich auf seinem Küchenstuhl herum.

»Schade.« Sie goss sich selbst ein halbes Glas ein. »Vielleicht würde dich das ein bisschen lockerer machen. Du bist ja schon wieder so dermaßen angespannt.« Sie nippte an dem Wein. »Karen … Hat sie sich verändert? Ich fand sie ja schon nett damals. Auch wenn sie manchmal ein bisschen grob war. Ein bisschen – zu direkt. Findest du nicht?«

»Hör mal, ich möchte eigentlich … nicht mit dir über Karen reden.« Er ging in Abwehrstellung. »Sag mir, was du willst, und dann gehe ich wieder.«

Sie lächelte, auf diese Art, die immer bewirkte, dass er das Gefühl hatte, sich ganz unnötigerweise aufzuregen. Sich bloß mal wieder anzustellen.

»Es geht um Leas Zahnfüllung«, sagte sie dann. »Wieso hast du die teurere genommen?«

Er erklärte ihr, dass es sich um eine Füllung in einem bleibenden Zahn handele und er es daher für angebracht gehalten habe, sich für hochwertigeres und damit auch teureres Material zu entscheiden.

»Du hättest mich vorher fragen können.«

»Vorher? Ich wusste doch nicht, dass sie eine Füllung brauchen würde.«

»Aber als es soweit war.«

»Hätte ich dich anrufen sollen? Während sie auf dem Behandlungsstuhl lag, mit aufgebohrtem Zahn? Wegen vierzig Euro?«

»Ja, hättest du.«

»Ich übernehme deinen Anteil«, sagte er müde. »Wegen sowas will ich nun wirklich keinen Streit.« Er schob seinen Stuhl zurück und machte Anstalten aufzustehen. »Wenn sonst nichts mehr ist …«

Sie war im Nu auf den Beinen und trat ganz dicht an ihn heran.

»Lea übernachtet heute Abend bei einer Freundin«, sagte sie. »Willst du nicht noch bleiben? Wir könnten etwas zusammen machen.«

Ihre Hände legten sich auf seine Schultern. Sie waren so leicht, wie Pfötchen. Er saß da, ohne sich zu rühren.

Sie missverstand seine Untätigkeit als Aufforderung und ließ sich auf seinen Schoß gleiten.

»Ich glaube nicht, dass das eine gute Idee ist«, protestierte er schwach.

»Ach komm, hab dich nicht so.« Sie schlang ihre Arme um ihn. Ihr Körper presste sich an ihn, dieser zierliche, in seinen Augen so unglaublich perfekte Körper, dem all die Jahre nichts von seiner straffen Festigkeit genommen hatten, und ihr Duft, von dem eine bloße Andeutung immer ausgereicht hatte, um ihn verrückt zu machen, stieg ihm mit überwältigender Intensität in die Nase. Noch niemals hatte er diesem animalischen Ansturm widerstehen können, wenn sie es wirklich darauf angelegt hatte. Aber diesmal war etwas anders. Irgendwo in seinem Kopf hallte Karens Stimme wider, leise und doch alles durchdringend, irgendetwas, das sie gesagt hatte, an ihrem letzten Abend, und obwohl er sich nicht genau erinnerte, was es gewesen war, dann doch daran, dass es ihn bis ins Mark getroffen hatte. Und mit einem Mal sah er sich selbst, als stünde er neben sich, mit Irina auf seinem Schoß, die sich schmeichelnd an ihm rieb, ihn koste und lockte, ein Wiedergänger – plötzlich fiel es ihm wieder ein, dieses Wort war es, das sie benutzt hatte –, der ihn ausweiden würde, bis auf das letzte Fetzchen Fleisch, das letzte Zellchen Gehirn, das letzte Tröpfchen Blut.

Er schüttelte den Griff ihrer Arme los und schob sie vorsichtig von sich weg.

»Ich gehe jetzt«, sagte er. »Lässt du mich bitte?«

Sie starrte ihn an, ungläubig erst, dann verzerrte sich ihr Gesicht zu einer wütenden Fratze. Sie sprang auf, als hätte er sie geschubst. Wieder musste er an eine Katze denken, die von einer Sekunde zur nächsten fauchend die Krallen ausfuhr und zum tödlichen Streich ausholte.

»Neulich hast du dich auch nicht so geziert!«, fuhr sie auf ihn los. »Aber ich verstehe ... Oh, ich verstehe ... Ihr habt die ganze Zeit nur rumgevögelt ... Jetzt ist dein Bedarf erstmal gedeckt ... Gib's doch zu!«

Er stand mit zitternden Knien auf und floh in Richtung Flur.

»Ja, hau du nur ab!«, gellte sie hinter ihm her. »Ich rufe jetzt meinen Kollegen an, der wartet nur darauf, der leckt sich die Finger nach mir, ich habe es nicht nötig, deinetwegen den ganzen Freitagabend allein hier herumzusitzen! Mit dir bin ich durch! Hörst du! Du hässliche, glatzköpfige Verpissersau!«

Auf dem Sofa lag noch das Bettzeug, das er für Karen aufgezogen hatte.

Er räumte es nicht weg. Diese Nacht würde er auf dem Sofa schlafen, unter ihrer Decke, auf ihrem Kopfkissen.

Noch immer lag der Umschlag auf dem Beistelltisch, neben der Kerze.

Er zündete die Kerze an und ließ ihn langsam verbrennen.

How I left your father

»Ich hab dem Jungen immer schon gesagt, ihr beide passt nicht zusammen«, sagt Wolfgang erbittert in die Runde. »Ich habe ihn gewarnt. Aber er hat ja nicht auf mich hören wollen.«

»Es stimmt«, sage ich schuldbewusst. »Du hast Recht, Wolfgang. Arne und ich passen nicht zusammen.«

»Siehst du!«, sagt er. Sein Schnurrbärtchen sträubt sich vor triumphierender Empörung.

Arne und ich hatten uns im Uni-Tanzkurs kennen gelernt. Er studierte Innenarchitektur, ich Agrarwissenschaften. Er war vierundzwanzig. Sieben Jahre jünger als ich.

Was mir an ihm gefiel … Doch, ich weiß es noch genau. Auch wenn ich es heute nicht mehr so ganz nachvollziehen kann.

Er hatte gute Manieren, so auf die altmodische Art. Von dem Altersunterschied ließ er sich nicht abschrecken, ganz im Gegenteil, es schien ihn nur noch mehr anzuspornen. Als wäre es eine Art Gütesiegel, von einer älteren, erfahrenen Frau erhört zu werden. Er gab den verwegenen Kavalier, doch, ja, das imponierte mir schon. Man konnte ihn sich gut als schneidigen Pirat vorstellen, der in höchster Höhe der Takelage kühn von einem Mast zum anderen schwingt, den Säbel zwischen den Zähnen, um schließlich geschmeidig auf den Füßen zu landen und der atemlos an Deck zuschauenden Dame seines Herzens mit einer knappen Verbeugung eine rote Rose zu überreichen. Ein bisschen albern war das ja, aber auch ganz süß.

Sein Hang zur Geschwätzigkeit und Besserwisserei nervte schon, von Anfang an, aber ich hörte ja meist nicht allzu genau hin. Er hatte den Kopf voll Rosinen, was einen sicher aufregen konnte, wenn man konkrete Pläne hatte, in denen er eine tragende Rolle spielte, zum Beispiel eine Familie mit ihm gründen oder ihn als Mitarbeiter einstellen. Aber da ich anfangs tatsächlich nichts weiter von ihm wollte als Tanzen, amüsierte ich mich eher darüber. Auch lange danach noch, als er sich mich, wie er es ausdrückte, einfach »geschnappt« hatte. Er war der erste, der das mit mir hatte machen können. So richtig überrumpelt hatte er mich. Siegesgewiss. Er musste gerochen haben, dass die Chemie stimmte.

Er sah gut aus, keine Frage. Meine bisherigen Männer waren alle viel kantiger gewesen, auch nicht hässlich, aber auch nicht annähernd schön, auf diese androgyn-gepflegte Art. Eigentlich war er viel zu ebenmäßig für mich. Auch zu eitel und zu gelackt. Seine Fingernägel waren stets perfekt maniküurt, die Haare perfekt gestylt und die Hemden perfekt gebügelt. Er hielt mir Vorträge darüber, wie ich mehr aus meinem Typ machen konnte. Styling, Garderobe, Auftreten. Manchmal waren diese Vorträge endlos und ziemlich penetrant. Aber ich zeigte ihm immer bloß den Vogel.

»Du bist eine Wilde«, sagte er vorwurfsvoll.

Er hatte sich in den Kopf gesetzt, mich zu zähmen. Das war seine Herausforderung. Hätte ich ihm bereitwillig nachgegeben, hätte er vielleicht ganz schnell das Interesse an mir verloren. Aber so war er wie der Buschprediger, der der ignoranten Eingeborenen die Errungenschaften der Zivilisation nahebringen muss. Diese Mission betrieb er, als hinge seine Seligkeit davon ab.

Abgesehen davon war der Sex gut. Schön animalisch wild eben. Das versöhnte ihn für so einiges.

Gianna, Arnes Mutter, sieht Wolfgang strafend an.

»Hör auf damit«, faucht sie. Ihre Stimme kratzt heiser wie ein Stahlwollschwamm auf dem Topfboden. »Das hilft doch jetzt auch nichts mehr. Ich will hören, was sie zu sagen hat. Was da los ist.

Dann können wir ihnen auch helfen. Nicht zusammen passen, nicht zusammen passen. Papperlapapp. Hier geht es um die Zukunft von Giuliano. Es gibt immer einen Weg.«

Sie sieht mich forschend an mit ihren schwarzen, murmelharten Augen. »Also. Was ist es, das dir an meinem Sohn nicht passt?«

Zwei Jahre lang ging es ziemlich gut mit Arne und mir. Wir hatten eine Menge Spaß, und das war schon weit mehr, als ich erwartet hatte. Die Wochenenden verbrachten wir zusammen, kauften ein, kochten ausgiebig, faulenzten, gingen irgendwo tanzen, ganze Nächte lang. Den einzigen wirklich großen Krach, den wir in diesen zwei Jahren hatten, gab es während unserer Rainbow-Bustour nach Paris. Damals hatte er sich über mein Outfit mokiert.

»Dieses Kapuzenshirt. Nicht sehr elegant. Hast du denn nichts anderes?«

»Aber das trage ich doch immer.«

»Eben. Aber wir sind hier in Paris.«

»Und?«

Er hatte die Nase gerümpft. »Paris«, hatte er noch einmal pathetisch wiederholt. »Musst du da so provinziell rumlaufen?«

»Aber das ist es doch nun mal, was wir sind«, hatte ich fröhlich erwidert. »Provinziell.«

»Für dich mag das ja zutreffen«, hatte er steif gesagt. »Aber ich möchte hier schon mit etwas mehr Stil auftreten.« Dann hatte er mir lang und breit irgendwelches wirres Zeug von irgendeiner VIP-Party vorgefaselt, die er schon noch auftreiben würde, zu der er mich in diesem Aufzug aber leider nicht mitnehmen könne. Da gelte nun einmal ein anderer Dresscode, das müsse ich einsehen, das sei was anderes als die Studentenfeten bei den Agrariern, wo sich alle in Gummistiefeln und Overalls anscheinend ganz in ihrem Element fühlten. Auf dem Weg zurück in unser Rainbow-Billigtouristenhotel hatten wir einen recht heftigen Wortwechsel. Aber auch das war schnell wieder vergessen gewesen.

Der Ärger fing an, als Arne sein Diplom gemacht hatte.

Seine Eltern rückten an, um diesen Anlass gebührend zu feiern. Das an sich wäre ja noch kein Drama gewesen. Aber er bestand darauf, dass ich dabei sein müsse. Er wollte die Gelegenheit nutzen, um mich offiziell seinen Eltern vorzustellen.

Nach allem, was ich von seinen Eltern gehört hatte, kam es mir nicht so vor, als ob wir uns unbedingt kennen lernen müssten. Aber ich traute mich nicht, nein zu sagen. Ihm lag so viel daran.

Wir hatten uns vor dem Saal treffen wollen, in dem die Diplome übergeben werden sollten. Ich war spät dran. Und gereizt. Ich hatte extra meine Schicht in dem Café, wo ich Freitagnachmittag immer bediente, ausfallen lassen müssen, um zur Diplomübergabe kommen zu können. Das kostete mich einen Fünfziger plus Trinkgeld. Einen Moment lang hatte ich überlegt, gar nicht zu kommen und irgendeine Ausrede zu erfinden. Tat ich dann natürlich doch nicht. Aber ich war auf Krawall gebürstet.

Die Türen waren schon zu, als ich ankam. Also blieb mir nichts anderes übrig, als vor dem Saal zu warten, bis der Festakt zu Ende war.

Arnes Augenbrauen zuckten ungehalten, ein einziges Mal. Ansonsten hatte er sein Gesicht vollkommen unter Kontrolle. Bemerkenswert. Aber ich wusste, später würde er mir die Hölle heiß machen.

»Mama, Papa … Das ist Cäcilia. Leider musste sie etwas länger arbeiten als geplant, weil jemand ausgefallen ist. Es tut ihr sehr leid.«

Seine Eltern und ich gaben uns die Hand. Ihr Händedruck war kurz und energisch, seiner lang und schlaff. Ich beäugte die beiden verstohlen von Kopf bis Fuß; wahrscheinlich machten sie es mit mir genauso, wenn ich nicht hinschaute. Hinter meiner Stirn begann es wieder übellaunig zu pochen. Warum konnte man sich diese alberne Farce nicht ersparen. Ich hatte meine Kerle nie meinen Eltern vorgestellt. Wozu auch. Ich musste schließlich mit ihnen auskommen, nicht sie.

Arnes Mutter ist, wie der Name schon vermuten lässt, Italienerin. Sizilianerin, genauer gesagt. Und zwar eine aus Sizilien importierte. Keine in Deutschland herangezüchtete. Sie war noch nicht alt, wohl Ende vierzig, auch gar nicht dick, trotzdem war sie unzweifelhaft das, was man eine Matrone nennt. Früher war sie bestimmt mal eine umwerfende südländische Schönheit gewesen. Ihr olivfarbenes Gesicht (Arnes Gesicht, bis ins letzte Detail, wie ein schlaues, hübsches Füchschen) wäre immer noch sehr ansehnlich gewesen, wenn die scharfen, senkrechten Falten über der Oberlippe und an der Nasenwurzel nicht gewesen wären, die sie immer wütend aussehen ließen, auch wenn sie es gar nicht war. Ihr schwarzes, von weißgrauen Strähnen durchzogenes Haar trug sie streng geflochten und mit schwarzen Kämmen an der Seite und einer schwarzen Spange hinten hochgesteckt. Offensichtlich hatte sie sich zu diesem besonderen Anlass schick machen wollen; sie trug eine weiße, hochgeschlossene Rüschenbluse und eine schwarze Bundfaltenhose. Mit flachen Schuhen, natürlich. Trampelig war das, dachte ich, wie ein Bauernweib, das sich für den Kirchgang am Sonntag herausputzt.

Wolfgang war feingliedrig, hochgewachsen und asketisch schlank, wie Arne. Um seinen langgezogenen Kopf lag ein schütterer, fahlgrauer Haarkranz; früher musste er mal aschblond gewesen sein. Seine Augen hinter der goldgerahmten Brille waren blaugrau und schauten harmlos. Seine Nase fand ich drollig; sie war knollig und ein bisschen stupsig zugleich. Er trug ebenfalls Bundfaltenhosen (graue; bei ihm sahen sie vorteilhafter aus), ein blütenweißes Hemd und eine rot-weiß gepunktete Fliege, die er gleich nach dem Festakt mit einem erleichterten Seufzer abnahm. Das Reden überließ er Gianna; ob ihm nicht nach Reden war oder er schlicht nicht zu Wort kam, wusste ich nicht. Nur ab und zu erwachte er aus seiner geistesabwesenden Lethargie, räusperte sich und warf eine hastige, wohl witzig gemeinte Bemerkung ein, mit einem hicksenden, sich überschlagenden Lachen, die Giannas Monolog kurz zum Stocken brachte, aber unter ihrem entrüsteten Blick in einem entschuldigenden Hüsteln versickerte. Dann zog er die Schultern hoch, machte sich noch schmaler, presste die Lippen zusammen, und sie redete, redete, redete weiter, in schnellen, abgehackten Maschinengewehrsätzen.

Wir gingen ins »La Moneta«, das teure italienische Restaurant im Zentrum, das einzige respektable Lokal vor Ort, das hatten Arnes Eltern herausgefunden. Sie bestanden darauf, uns zum Essen einzuladen. An sich eine nette Idee, gegen die nichts einzuwenden war. Aber dann fing Gianna an, die Speisekarte auseinanderzunehmen. Jedes einzelne Gericht (so kam es mir zumindest vor) wurde bis in seine letzten Zutaten zerlegt und seine Zubereitungsweise detailliert erläutert. Einschließlich der schrecklichen Fehler, die einem dabei unterlaufen konnten. Ich hätte es mir eigentlich denken können. Arne hatte mir erzählt, dass sie Tage in der Küche verbrachte und sozusagen ihre ganze sizilianische Leidenschaft in die Behandlung, Verarbeitung und Herstellung von Lebensmitteln steckte. Ich hatte schrecklichen Hunger und sehnte mich nach einer simplen Pizza Spinaci, während Gianna und Wolfgang immer noch herumsinnierten.

»Ich würde ja gerne die Scampi-Platte nehmen«, verkündete Wolfgang schließlich.

»Die Scampi-Platte!«, fuhr Gianna hoch und blätterte in der Speisekarte noch einmal nach fast ganz hinten zu den Fischgerichten. Die Falten neben ihren Augenbrauen kerbten sich noch tiefer in ihre Stirn. »Die sind nicht frisch! Todsicher nicht. Die sind tiefgefroren. Das nimmst du nicht.«

»Aber ich habe Lust auf Scampi«, schmollte Wolfgang.

»Weißt du noch, die herrlichen Scampi, die meine Mutter immer macht, fangfrisch aus dem Mittelmeer, am Hafen gekauft, vor einer Stunde noch lebendig!«, holte Gianna aus. Ihre Augen leuchteten schwärmerisch; für einen Augenblick wirkte ihr Gesicht mädchenhaft jung und die Falten waren wie weggebügelt. Mein Magen knurrte schmerzhaft. »Gegrillt … in Knoblauchöl … mit frisch gebackenem Brot …«

»Ach Mama«, maulte Arne, »nun lass Papa doch. Wenn es so

gut wie bei Oma Giuseppina sein soll, können wir nirgendwo anders was essen.«

»Genau, lass mich doch«, sagte Wolfgang witzelnd. »Wir bestellen jetzt. Denn ganz nach Sizilien zu fahren, das schaffen wir heute Abend nicht mehr, hihi.«

Gianna feuerte eine martialisch klingende italienische Salve auf den Kellner ab, der ergeben dastand, unentwegt »si, si« murmelte und sich eifrig Notizen machte. Danach konnten wir bestellen. Endlich.

»Kochst du auch gerne?« Das war die erste Frage, die Gianna mir an diesem Abend und überhaupt stellte.

»Wenn ich Zeit habe, schon«, sagte ich. »Wir kochen oft zusammen, Arne und ich.«

»Oh, Arne kocht sehr gut«, versicherte sie mir. »Ich habe meinen Sohn gut erzogen. Jede Frau wird ihre Freude an ihm haben.«

Zum Glück ließ das Essen nicht lange auf sich warten. Die nächste halbe Stunde lang war für Gesprächsstoff gesorgt. Natürlich waren die Scampi tiefgefroren, genau wie Gianna es prophezeit hatte – Wolfgang gab zu, dass er auf sie hätte hören sollen -, dem Salat fehlte der Pfiff (»keine frischen Kräuter!«) und das Brot war so lala. Aber alles in allem war das Thema Essen damit erledigt. Nun wurde es Zeit, den Helden des Tages zu feiern.

Wir stießen mit Asti Spumante auf Arne an. Gianna umarmte ihn mit Tränen in den Augen und küsste ihn schmatzend auf beide Wangen; Wolfgang lächelte gerührt und tätschelte seinen Arm. Ich sagte nur grinsend »gut gemacht«. Arnes Gesicht war anzusehen, dass er das etwas spärlich fand. Aber mehr war nicht drin. Überschwänglichkeit ließ mich innerlich immer so wüstentrocken werden.

Später, als Arnes Eltern wieder abgefahren und wir auf dem Weg zu ihm nach Hause waren, ging es dann so richtig rund.

»Was war das denn für eine Märchenstunde?«, warf ich ihm an den Kopf. »Tausend und eine Nacht oder was? Innenausstattung von Superyachten für irgendwelche Ölscheichs. Geht's vielleicht auch eine Nummer kleiner?«

»Du, du denkst ja nur daran, wie deine Kartoffeln auf dem Acker möglichst dick werden«, konterte er. »Ich dagegen habe Visionen.«

»Visionen!« Ich schoss ihm einen wütenden Blick zu. »Nichts als Spinnereien sind das. Deine Eltern sind ja sogar noch schlimmer als du. Und dafür hab ich meine Schicht heute Nachmittag abgegeben!«

»Lass sie doch ein bisschen herumträumen. Sie haben mein Studium ja schließlich finanziert.«

»Und du meinst, das gibt ihnen ein Recht darauf, dein Leben zu verplanen?«

»Ach was. Du übertreibst.« Er kaute an seiner Unterlippe; ansonsten bewegte sich nichts an ihm. »In meiner Familie interessiert man sich eben füreinander. Nicht so wie bei dir, wo jeder nur sein eigenes Ding macht.«

Ich stieg mit einem Ruck vor seinem Haus auf die Bremsen und ließ demonstrativ den Motor weiterlaufen.

»Was ist, kommst du nicht mehr mit hoch?«

Ich schüttelte den Kopf. »Ich fahr nach Hause. Von all diesem Gequassel hab ich Kopfweh.«

»Wie du willst.« Er klickte den Gurt los und glitt aus dem Wagen, mit einer geschmeidigen Bewegung, die verriet, wie geladen er war. Bevor er die Tür zumachte (vorsichtig, er knallte nie mit Türen), beugte er sich noch einmal zu mir ins Wageninnere.

»Du hättest wenigstens mal die Bluse anziehen können, die ich dir vorige Woche gekauft hatte«, sagte er. »Wenigstens das.«

»Dein Sohn ist schon gut so, wie er ist«, sage ich unglücklich zu Gianna. »Es ist nur – er hat so eine ganz andere Realitätsauffassung als ich.«

Das versteht sie nicht. Sie wendet sich zu Wolfgang um. »Was meint sie?«

»Dass Arne die Dinge nicht so sieht, wie sie in Wirklichkeit sind«, dolmetscht Wolfgang.

Ich wehre ab. »Nein. Dass er die Dinge anders sieht als ich. Das ist ein Unterschied.«

Gianna schaut noch immer verständnislos. »Na und? Was ist daran so schlimm?«

Arne machte sich auf die Suche nach einem Job.

Das mit den Superyachten war wohl doch nur einer Schaumweinlaune entsprungen, jedenfalls war davon nicht mehr die Rede. Aber er war anfangs sehr siegesgewiss und sehr wählerisch. Eigentlich wartete er darauf, dass die Jobs sozusagen zu ihm kamen und er nur noch die Qual der Wahl haben würde.

Klein anfangen war nichts für ihn. Wenn er nicht schon gleich Chef sein konnte, musste es zumindest eine leitende Position sein, »mit Führungsverantwortung«, wie er betonte. Und natürlich nicht in irgendeinem Provinznest. Berlin, Hamburg. Oder am besten doch gleich in der Schweiz. Er verschickte Bewerbungen an die renommiertesten Häuser, solche, die es nicht nötig hatten, Stellen auszuschreiben. Initiative und eine gewisse unbekümmerte Frechheit, das mache Eindruck, glaubte er.

Ansonsten legte er sich Krawatten zu, eine ganze Sammlung, zu jedem Hemd die passende, und knüpfte Kontakte. Hauptsächlich, indem er sich auf »Events« herumtrieb. Messen, Tage der offenen Tür, Vernissagen, Vorträge – das seien die idealen Gelegenheiten fürs Networking, belehrte er mich.

Ich erfuhr nie, was er dort eigentlich machte. Ich ging ja nie mit. Einmal, zur Langen Nacht des Theaters, hatte er mich mitschleppen wollen. Das Unternehmen war daran gescheitert, dass er das Top aus durchbrochener schwarzer Spitze mit Glockenärmeln, das ich angezogen hatte, nicht »fein« genug fand. Ich hatte vor dem Theater auf dem Absatz kehrtgemacht und die nächste Bahn nach Hause genommen.

Er nahm es mir bitter übel, dass ich keinen Wert darauf legte, dabei zu sein, wenn er seine Kratzfüßchen machte. Er wollte eine First

Lady, die an seiner Seite repräsentierte. Dass es da noch nicht allzu viel zu präsentieren gab, war unerheblich. Es ging ums Prinzip.

Ein paar Monate vergingen. Arnes Zuversicht schwand. Sein Geld auch; seine Eltern hatten ihm die monatlichen Bezüge gekürzt, weil sie der Meinung waren, das werde seinen Bewerbungseifer anstacheln. Heiligabend ließ er sich als Weihnachtsmann anheuern und machte Bescherungen. Der Gesichtsausdruck, mit dem er sich den roten Mantel und den langen weißen Bart nach seiner Tour abstreifte, war müde und gekränkt.

Aus Berlin, Hamburg und der Schweiz kam nichts. Nicht einmal Absagen. Einfach gar nichts. Anfang Januar fing Arne an, auf Stellenangebote zu antworten. Anfang Februar trat er widerwillig seinen ersten Job an, bei einer kleinen Messebaufirma, zu der er jeden Tag eine halbe Stunde mit dem Zug fuhr. Fast tat er mir leid. Provinzieller hätte es kaum sein können.

Er hasste seine Arbeit. Anstatt Weisungen zu erteilen, musste er die von seinem Chef ausführen. Und den hasste er am meisten von allem. Weil er der Chef war, der er selbst gerne gewesen wäre.

»Der hat nichts drauf«, motzte er drauflos, jedes Mal wieder, wenn er mich anrief. »Maßgeschneiderte Anzüge, schicker Sportwagen, aber gestalterisch nichts drauf. Wir machen die ganze Arbeit, und er geht mit den Kunden essen. Ich sag dir, ohne seinen Kreativdirektor wär der aufgeschmissen. Ein ganz kleiner Wicht, ein Niemand. Wenn der nicht das Unternehmen von seinem Vater übernommen hätte.« Und so ging es weiter. Nach ein paar Wochen kannte ich seine Beschwerden auswendig bis in die letzte Silbe. Ich gewöhnte mir an, mir das Telefon unters Kinn zu klemmen und nebenbei etwas anderes zu machen, den Abwasch etwa. Es genügte, in seinem Redefluss mitzuschwimmen und ab und zu genauer hinzuhören, als würde man sich an einer Boje orientieren. Damit man wusste, wo er ungefähr war.

»Und diese Krawatten«, sagte er empört. »Teuer, aber keine Klasse. Dabei sind Schuhe und Krawatte die Visitenkarte im Designbusiness. Ganz schlechte Werbung. Wenn jemand schon geschmacklose Krawatten trägt, was für einen miesen Messestand macht der erst!«

Besonders erbitterte ihn, dass der Chef auf Messen wie selbstverständlich davon ausging, dass er, Arne, beim Aufbauen mithalf. Und zwar auch am Wochenende. Er habe nicht studiert, beklagte er sich, um dann doch wieder Tischlerarbeiten ausführen zu müssen. Da habe er auch gleich Tischler bleiben können.

Einwände, die ich machte, wurden plattgebügelt. Er redete mich nieder, bis ich am Boden lag. Irgendwann gab ich es auf, ihm Ratschläge geben zu wollen. Eigentlich wollte er ja doch nur, dass ich Beifall klatschte.

Arne überstand die Probezeit nicht. Nach gerade mal sechs Wochen machte er den Chef vor versammelter Mannschaft fertig, weil die Heizung ausgefallen war, der Chef aber trotzdem wollte, dass die Leute weiterarbeiteten. Nachdem Arne seine Kollegen dazu aufgefordert hatte, nach Hause zu gehen, war er selbst mit gutem Beispiel vorangegangen. Seine Kündigung durfte er tags darauf in Empfang nehmen. Er erzählte mir mit leuchtenden Augen davon.

»Du bist auch noch stolz darauf, was?«, fragte ich nur.

»Einer musste diesem aufgeblasenen Schnösel doch mal eine Lektion erteilen«, gab er beleidigt zurück.

»Schlimm ist daran, dass er erwartet, dass ich immer auf seiner Seite bin«, sage ich zu Gianna.

»Aber das ist doch ganz normal, wenn man zusammen ist!«, ruft sie. »Dass man zusammenhält.«

»Zusammenhalten heißt nicht, dass man den anderen in jedem Unsinn bestärken soll, den er macht«, antworte ich.

Arnes Euphorie über sein Husarenstück hielt nicht lange an. Seine Eltern fielen mit wütenden Vorwürfen über ihn her.

»Was die alles von mir erwarten«, sagte er resigniert. »Am liebsten hätten sie es, dass ich gleich Chef werde. Und jetzt sagen sie, ich könnte mich nicht unterordnen. Also was denn nun.«

Er fing an, Bewerbungen nur so herauszuhauen, wie wildes Trommelfeuer, fünf, sechs Stück an einem Tag. Ich warnte ihn. So viele passende Stellen, wie er Bewerbungen schreibe, könne es gar nicht geben, meinte ich.

»Du hast gut reden«, fuhr er mich an. »Sechs Monate geben sie mir noch. Dann streichen sie mir das Geld ganz.«

Er fuhr mich ziemlich häufig an in dieser Zeit. Einer musste den Frust über die erlittene Schmach ja abkriegen. Mein Nachteil war, dass ich der einzige Mensch war, der ihm nahestand, im wörtlichen wie übertragenen Sinne.

Hinzu kam, dass er mit einem Mal wieder sehr viel Zeit hatte, ich hingegen zum allerersten Mal gar keine. Anfang April musste ich Diplomklausuren schreiben und hatte zu lernen. Das war er von mir nicht gewohnt.

»Drei Wochen«, versuchte ich ihn zu beschwichtigen, als er sich beschwerte. »In drei Wochen ist doch alles vorbei.«

Ich wies darauf hin, dass ich ihn, als er mit seinem Diplom beschäftigt gewesen war, kaum zu sehen bekommen hatte, und zwar monatelang. Das war ein Fehler. Das sei nicht so gewesen, behauptete er ganz einfach.

»Dann war es halt nicht so«, sagte ich schulterzuckend. »Aber ich muss jetzt trotzdem lernen.«

»Und was ist mit Sex?«, bohrte er weiter.

»Kannst du gerne haben«, sagte ich genervt. »Nur nicht mit mir.«

Wir sahen uns drei Wochen lang nicht. Beide waren wir sauer aufeinander. Am Abend nach der letzten Diplomprüfung rief ich ihn an.

»Und?«, sagte er, sehr kühl. »Wie ist es gelaufen?«

»Gut, glaube ich«, antwortete ich.

»Siehst du«, muffelte er. »Du machst dir immer viel zu viel Stress.«

Ich hielt die Bemerkung, dass gute Noten normalerweise mit etwas Stress verbunden waren, zurück, und fragte ihn stattdessen, ob er Lust habe, tanzen zu gehen.

»Vielleicht können wir ja auch mal wieder Sex haben«, schlug ich vor.

»Das ist nicht komisch«, wies er mich säuerlich zurecht. »Ich hatte schon gedacht, ich müsste mir eine andere suchen. Viel länger hätte ich das jedenfalls nicht mitgemacht.«

In den nächsten vier Monaten lief sich alles wieder hin. Scheinbar zumindest. Aber irgendetwas war anders als vorher. Diese zwei Sätze, die er da gesagt hatte, waren zum Dauerrauschen in meinem Kopf geworden, wie das Geräusch, wenn der Sender im Radio schlecht eingestellt ist oder zu schwach wird. Sie waren immer da im Hintergrund, mal mehr, mal weniger laut. Ich fand den Knopf nicht mehr, um sie abzuschalten. Und richtig laut wurden sie vor allem im Bett.

Ich glaubte nicht, dass er was merkte. Er war doch immer so mit sich selbst beschäftigt. Und ich funktionierte ja immer noch, also hatte er keinen Grund, sich zu beschweren. Umso überraschter war ich, als er mir irgendwann im Sommer eröffnete, dass er seit einiger Zeit eine andere nebenbei habe.

»Sie sieht sehr gut aus, wir treffen uns zum Vögeln, mehr ist da nicht«, schob er gleich hinterher.

Ich starrte ihn an. »Aber wir haben doch immer noch …«

»Schon.« Er senkte nicht den Blick; er fühlte sich im Recht. »Aber du bist immer so kalt. Nicht bei der Sache. Und außerdem …« Die kurze Pause, die er einlegte, verriet mir, dass das stärkste Stück noch kommen würde. »Und außerdem habe ich in dieser Zeit gemerkt, dass zwei Frauen für meine Bedürfnisse durchaus angemessen sind.«

»Du meinst, du brauchst einen Harem«, stellte ich fest.

Er grinste. »Wenn du es so nennen willst.«

»Und du meinst, ich mache da mit«, sagte ich.

»Überleg doch mal, welche Vorteile das für dich hätte«, setzte er an. »Die Frauen im Harem früher hatten es doch gut. Keine von ihnen war überlastet. Sie waren wie Schwestern zueinander.«

»Und das hast du ernst genommen?« Gianna glotzt mich ungläubig an. Wolfgang bricht in ein affektiert wieherndes Lachen aus und tut, als müsse er sich Tränen aus den Augen wischen.

»Ich weiß nicht«, sage ich. »Aber darum ging es ja auch gar nicht.«

»Worum dann?« Wolfgangs Lachen hat sich verzogen und ist wieder dem strengen Verhörblick gewichen.

»Ich hatte es allmählich satt, nie zu wissen, was ich denn nun ernst nehmen konnte und was nicht.«

Arnes Haremsfantasien waren der Tropfen, der das Fass zum Überlaufen brachte. Ich machte Schluss. Es fiel mir nicht ganz so leicht, wie ich gedacht hatte, aber ich hatte den perfekten Vorwand und eigentlich auch keine andere Wahl. Er nahm es scheinbar unbewegt hin, als hätte er nichts anderes erwartet, von einer Spießerin wie mir. Groß mitzunehmen schien es ihn nicht.

Zwei Wochen später teilte er mir mit, dass er ein Stellenangebot angenommen habe. In Dallas, Texas.

»Musst du denn gleich so weit weggehen?«, fragte ich betroffen.

»Glaub ja nicht, dass es was mit dir zu tun hat«, sagte er trotzig. »Mir geht das Geld aus, ich brauche den Job, und der hier ist so gut wie jeder andere auch, den ich auf die Schnelle kriegen kann. Warum also nicht.«

Ich half ihm bei der Übersetzung seiner Bewerbungsunterlagen und der Korrespondenz. Er konnte eigentlich gar kein Englisch, aber das kümmerte ihn nicht. Wieder war ich hin- und hergerissen. Ich hätte mich das nie getraut, insofern bewunderte ich ihn, für seine Kackfrechheit. Aber gleichzeitig dachte ich, damit darf er nicht durchkommen. Das ist nicht fair. Einen Nackenschlag wünschte ich ihm, nur so einen sanften, der ihm nicht das Genick brach, ihn aber dazu brachte, den Kopf mal etwas weniger hoch zu tragen.

Ich brachte ihn zum Flughafen. In meiner Magengrube zog es ein bisschen, als er sich nach dem Einchecken ein letztes Mal umdrehte und winkte, bevor er in Richtung Gate verschwand. Ein Anflug von Wehmut. Weil es nicht geklappt hatte. Aber es ging schnell vorbei.

Über ein Jahr lang hörte ich kaum etwas von Arne. Eine Mail, gelegentlich, das war alles. Ihm gehe es okay, die Amis, na ja, genau so schlimm wie ihr Ruf, keine Ahnung von der Welt da draußen, aber viel Party, vor allem mit seinen schwulen Kumpels. Die seien echt gut drauf. Und auch sehr charmant zu ihm.

Mir war es nur recht. So kannte ich ihn, mehr erwartete ich nicht von ihm. Alles andere hätte mich vielleicht irritiert. Es ist immer besser, wenn man in Entscheidungen, die einem nicht ganz so leicht gefallen waren, im Nachhinein bestätigt wird.

Ich bekam meine erste Stelle, problemlos gleich vor Ort. Alles würde jetzt anders werden, dachte ich. Die Episode Arne würde ich vergessen. Sie einfach hinter mir abschneiden, wie das verkrumpelte, eingerissene Ende einer Papiergirlande, das den Gesamteindruck stört. Ich fühlte mich, als hätte ich eine Eintrittskarte zu einer Dauersingleparty mit Erfolgsgarantie gewonnen.

Über ein Jahr später war die Partylaune weitgehend verflogen. Stattdessen stellte sich so etwas wie Katerstimmung ein. Bald würde das Licht angehen. Ich war müde und ernüchtert, und ich wollte nach Hause. Aber eben nicht alleine.

Es gab zwei Kategorien von Gästen auf dieser Party, das hatte ich in diesem einen Jahr herausgefunden. Die einen wollten Spaß. Sonst nichts. Sie wollten, dass die Party ewig dauerte. Die anderen waren verzweifelt bindungswillig, Betonung lag auf »verzweifelt«. Dazwischen schien es nichts mehr zu geben. Mit Kategorie eins verschwendete ich keine Zeit; ich ging auf die fünfunddreißig zu und wollte Kinder. Also blieb nur Kategorie zwei. Ich versuchte es. Wirklich. Mit gutem Willen. Eigentlich hatte ich noch immer das Gefühl, dass ich in dieser Kategorie nichts zu suchen hatte. Aber wer hätte sich schon eingestanden, dass er zu den Verzweifelten gehörte.

So war die Lage, als Arne anrief.

Es war Anfang Februar, halb sechs Uhr morgens und noch dunkel. Ich krabbelte aus dem Bett, über den aktuellen Kandidaten der Kategorie zwei hinweg, mit dem ich es teilte, packte das Telefon und verzog mich auf den Flur.

»Hab ich dich geweckt?« Bei ihm war es halb elf Uhr abends.

Wir redeten, über eine Stunde. Ich kauerte da im Dunkeln, und meine Zähne klapperten. Ich hätte mir etwas überziehen sollen.

Bevor wir auflegten, fragte ich ihn, ob ich ihn besuchen kommen sollte.

»Du bist ja total durchgefroren. Nun komm mal her.« Der Kandidat der Kategorie zwei war natürlich hellwach und schickte sich an, meine eisigen Füße an seine bettwarmen Waden zu drücken. »Wer war denn das, um diese Zeit?«

Zwei Monate später stieg ich am Flughafen Dallas Fort Worth aus dem Flugzeug.

»Und du hast ihn doch sogar noch besucht in Amerika!« Gianna greift sich an die Stirn. »Ich verstehe das nicht. Warum hast du das gemacht?«

»Wir waren einfach noch nicht fertig miteinander«, sage ich.

»Aber nach deinem Besuch, da warst du dir sicher, dass es doch was werden kann?«, fragt Wolfgang herausfordernd. »Oder hast du Arne nur zum Spaß nach Deutschland zurückgelockt?«

Ich habe mich auf das Gespräch mit Arnes Eltern eingelassen, weil es um ihren Enkel geht und ich keinen Streit mehr will. Ich bin bereit, mir einiges anzuhören und auch manches zu erklären. Aber auf diesen Ton habe ich keine Lust.

»Würdest du bitte deinen Eltern sagen, dass ich dich nicht hierher zurückgelockt habe?«, wende ich mich an Arne. »Mir glauben sie es ja doch nicht.«

»Es stimmt«, sagt er unwillig. »Damit hatte Cäcilia nichts zu tun. Ich wäre auch ohne sie zurückgekommen. Ihr traut mir wirklich überhaupt keine eigenen Entscheidungen zu.«

Beim Anflug auf Fort Worth lugte ich aus dem Fenster. Unter mir das amerikanische Großstadtmonster, betongepanzert, die klotzige, im Spätnachmittagslicht hart glitzernde Skyline gesträubt wie Stacheln, gespeist von einem Geknäuel aus Highways, die sich durch diesen Riesenorganismus wanden und schlangen wie ein kompliziertes Verdauungssystem. Und ich flog mitten da hinein. Gleich würde das Monster sein Maul aufreißen und das Flugzeug mit uns allen darin verschlingen.

Der vielleicht fünfzigjährige, kurzgewachsene Grenzbeamte, dessen Bauch sich stramm unter der Uniform spannte, prüfte meinen Pass lange und aufmerksam. Ich wurde nervös. Man wusste ja, dass diese amerikanischen Grenzbeamten nahezu allmächtig waren und einen ganz nach Belieben zurückschicken oder im Knast schmoren lassen konnten. Und der hier war auch noch so klein. Kleine Männer waren besonders aggressiv, das war ebenfalls bekannt.

»Besuchen Sie jemanden?«, fragte er.

»Meinen Freund«, sagte ich.

»Your boyfriend?« Er schaute mich streng an. »Auch Deutscher?« Ich nickte.

»Sie sind nicht verheiratet?«

»Nein«, sagte ich. Noch immer schaute er tadelnd. Sonst hätte ich vielleicht ein kleines Scherzchen gewagt, der Art, ob Verheiratetsein vielleicht eine neue Einreisevoraussetzung sei, die ich bei Ausfüllen des Formulars vorhin an Bord übersehen hatte.

Der Beamte klappte den Pass zu und reichte ihn mir zurück. Seine bis dahin absolut humorlose Miene verzog sich zu einem väterlich-verschmitzten Grinsen. »Schönen Gruß von mir an Ihren boyfriend«, sagte er und weidete sich an meiner Verdutztheit. »Er soll Ihnen bald einen Antrag machen. Bald, hören Sie?« Er hob den Zeigefinger, und ich nickte, eilfertig und mit flatterndem Herzen. »Nicht zu lange warten. Nur ein gut gemeinter Rat von mir. Richten Sie ihm das aus.«

Ich war noch nie so froh gewesen, Arne zu sehen, wie in dem Moment, als ich ihn in der Ankunftshalle entdeckte. Vielleicht war es auch eher Erleichterung. Hier war mein Führer und Beschützer, der es mit dem amerikanischen Stadtmonster aufnehmen konnte. Es war das erste Mal, dass ich ihm gegenüber solche Regungen hatte. Und im Nachhinein kann ich sagen: Auch das letzte Mal.

Dallas war heiß und schwül, auch um diese Jahreszeit. Arne hatte sich anlässlich meines Besuchs ein Auto gemietet, ein Luxus, wie er betonte, den er sich sonst nie erlaubte. Am ersten Tag unternahm er mit mir eine Stadtrundfahrt. Entlang kalter Straßenschluchten, deren Boden nie ein Sonnenstrahl erreichte, über endlose, mit Palmen und Neonreklameschildern gesäumte Boulevards, vorbei an den protzigen Domizilen der Ölmillionäre, durch die Gettos der Armen, deren mit Pappe geflickte Hütten aussahen, als könnten sie von einem Windstoß umgeblasen werden.

»Gefällt es dir hier eigentlich?«, fragte ich ihn zwei Tage später, als wir abends im Sushi-Restaurant in Uptown Dallas zusammensaßen.

»Du hast es ja gesehen«, sagte Arne. Er machte eine weit ausladende, geringschätzige Handbewegung, die alles um ihn herum mit einschloss. »Alles irgendwie billig. Ohne Klasse. Guck dir die Villen der Reichen an. Wie Disneyland. Erkertürmchen neben griechischen Säulen. Aneinandergeklatschte Versatzstücke, die irgendwas mit Europa zu tun haben. Das ist das, was sie stilvoll finden.« Er zuckte die Schultern. »Was kann ich gestalterisch hier schon bewirken.«

»Und sonst?«

»Wie, und sonst?«

»Ist da sonst etwas, das dich hier hält?«

»Sonst etwas?« Er stellte sich dumm. Als wüsste er überhaupt nicht, worauf ich hinauswollte.

»Okay. Sonst jemand.« Ich hätte es wissen können. Ihm solche Fragen zu stellen, hatte noch nie etwas gebracht. »Eine Frau. Oder ein Mann.«

Am Abend zuvor hatte ich seine Kumpels kennen gelernt. Auch die schwulen. Ich hatte noch nie einen Typen erlebt, der so souverän damit umging, von anderen Typen angeflirtet zu werden. Sogar damit spielte. Nichts hatte mich je so für ihn eingenommen. Aber so ein bisschen misstrauisch hatte es mich auch gemacht.

Natürlich war nichts aus ihm herauszubekommen. Er plusterte sich bloß auf, weil ich eifersüchtig war, schließlich hatte er immer noch eine Scharte auszuwetzen, und tat mächtig geheimnisvoll, bis ich genug hatte und sagte, dass ich jetzt nach Hause und mit ihm ins Bett wollte. Manchmal war das das einzige Mittel, ihn dazu zu bringen, den Mund zu halten.

Urlaub ist für Paare, die auf der Kippe stehen, gefährlich. Er kann bestehende Risse so vertiefen, dass sie nicht mehr zu übersehen sind. Er kann sie aber auch so zukitten, dass sie unsichtbar werden. Desillusionieren oder euphorisieren, je nachdem.

Wir waren natürlich anfällig für letzteres. Ein Jahr lang hatten wir uns nicht gesehen, und ich blieb nur eine Woche. Es gab zu viel anderes zu tun, als dass wir uns so richtig auf die Nerven hätten gehen können. Zumal er ja auch zur Arbeit musste.

Ich suchte ein paar Mal aufwendige Rezepte im Internet heraus, ging zum nahe gelegenen Supermarkt einkaufen und kochte für ihn, wenn er in der Mittagspause nach Hause kam. Es machte mir Spaß, weil er sich so über meine hausfraulichen Regungen freute. Er seinerseits gab wieder den Gentleman, wie damals am Anfang, nur dass er statt draufgängerischem Ungestüm jetzt eine gewisse abwartende Vorsicht an den Tag legte. Er fuhr mit mir weit im Land herum, führte mich zum Essen aus und kaufte mir ein schickes Tanzkleid, und als ich am vierten Tag Blasenentzündung bekam und zum Arzt musste, beglich er die Rechnung von über vierhundert Dollar, ohne mich anzumeckern, weil ich in all der Aufregung vergessen hatte, eine Auslandskrankenversicherung abzuschließen.

Ich glaube, wir erkannten uns beide kaum wieder in dieser Woche vor lauter Bemühen. Beide hatten wir zu viel Angst, am Ende ohne Preis dazustehen. Als ob es, wenn wir jetzt leer ausgingen, nie wieder einen zu gewinnen geben würde. Und nichts spornt mehr an als Ungewissheit.

Wir gingen ein paar Mal aus, tanzen, und stritten uns kein einziges Mal. Vergessen waren die früheren heftigen Auseinandersetzungen, bei denen es darum ging, dass er führen wollte, aber mich immerzu fragen musste, wie das Ganze denn doch gleich nochmal ging. Den letzten Abend verbrachten wir in Arnes Lieblingsclub, der nur von Schwulen besucht wurde. Ich trug das neue Kleid und schwebte mit ihm durch den Raum. Alles an ihm fand ich einfach wunderbar, was sicher auch an der berauschenden Vorstellung lag, dass ich jetzt von so manchem Mann hier in dem Laden glühend beneidet wurde. Ich fühlte mich wie Cinderella, nachdem sie den gläsernen Pantoffel übergestreift bekommen hatte.

Am Flughafen kurz vorm Abschied bekam ich endlich die Antwort, auf die ich die ganze Woche gewartet hatte.

»Ich komme dann im August nach Hause«, sagte er.

»Und Kinder?«, fragt Gianna. »Habt ihr darüber auch gesprochen?«
»Schon«, sage ich.
»Ja und?«, drängt sie. »Wart ihr euch da einig? Müsst ihr ja wohl, sonst hättet ihr doch besser aufgepasst.«

Na ja. Wir hatten darüber gesprochen, aber mehr so beiläufig, wie über etwas, das man irgendwann mal zusammen machen könnte. Ich hatte ihm gesagt, dass ich Kinder wollte, in nicht allzu ferner Zukunft. Und ihn gefragt, ob er sich das vorstellen könne.
»Warum nicht«, hatte er nur gesagt. »Ich mache bestimmt schöne Babys.« Es war halt nicht sehr konkret gewesen. Eben nur eine grundsätzliche Absichtserklärung.

An einem Dienstagabend Mitte August hatte ich Arne vom Flughafen abgeholt. Jetlag hin oder her, die monatelange Abstinenz musste beendet werden, an diesem Abend noch, das gehörte nun mal zum Willkommensritual. Es war seine letzte Tat, bevor er sich mit einem erschöpften Grunzen für die nächsten vierzehn Stunden in den Tiefschlaf verabschiedete.

Der Dienstag war der einundzwanzigste Tag gewesen, das weiß

ich noch genau, oder der zweiundzwanzigste, auf jeden Fall ein Tag, an dem keine Vorkehrungen mehr notwendig waren. Vorkehrungen trafen wir nur, wenn es unbedingt sein musste. Wenn es nicht unbedingt sein musste, verzichtete er gerne darauf. Deswegen zählte ich, immer. Bisher war das auch immer gut gegangen.

Wir hatten also aufgepasst; oder besser gesagt, ich hatte richtig gezählt. Es war kein Versehen gewesen, und Absicht erst recht nicht. Klar, ich hätte mogeln können. Er vertraute mir. Aber er hatte doch schon ja gesagt. Warum also hätte ich sollen.

Julian war ein Unfall. Entstanden gegen alle Wahrscheinlichkeit. Ein Beispiel dafür, wie findig der weibliche Körper ist, wenn er sich in der letzten Phase seiner Reproduktionsfähigkeit befindet. Bei Frauen jenseits Mitte dreißig kommt es häufiger zu mehr als einem Eisprung im Monat. Da bietet die Natur noch einmal alle Tricks auf. Hält einem die Zielscheibe geradezu vor die Nase.

Wäre nicht dieser erste Schuss gleich ein Treffer gewesen, es hätte wohl keinen Julian gegeben. Ein paar Wochen später, und Arne und ich wären durch miteinander gewesen. Und diesmal endgültig. Denn nach einem Monat hatte sich unsere hysterische Urlaubseuphorie auch schon wieder verflüchtigt. Die exotische Kulisse war weg, das Ego repariert, der erotische Nachholbedarf gestillt. Nun hockten wir aufeinander in meiner kleinen Einzimmerwohnung. Ohne Pufferzone. Er lag in meinem Bett. Er saß an meinem Schreibtisch. Er hatte seine Sachen überall ausgebreitet. Er war da. Den ganzen Tag.

Ich war zwei Wochen überfällig, als ich den Test machte. Heimlich. Eine halbe Stunde saß ich mit dem positiv verfärbten Teststab in der Hand auf dem Klo in der Firma herum, ungläubig, ohne mich zu rühren. Über ein Jahr lang hatte ich mir genau das und eigentlich nichts anderes gewünscht. Und nun war nichts, wie ich es mir vorgestellt hatte. Von wegen Glücksrausch. Nur das Gefühl, dass alles ein schrecklicher Irrtum gewesen war. Wie hatte ich je glauben können, dass wir zusammen Eltern sein konnten. Aber um den Irrtum zu erkennen, hatte ich erst schwanger werden müssen.

Ich wusste, dass ich mit Arne reden musste, früher oder später, aber noch schob ich es vor mir her. Am liebsten hätte ich überhaupt nicht mehr mit ihm geredet, bis auf weiteres jedenfalls nicht. Ich versuchte, ihm aus dem Weg zu gehen. Aber auf fünfundzwanzig Quadratmeter Fläche ist das so eine Sache. Schließlich floh ich aus meiner Wohnung. An sich war ich kein Workaholic. Aber jetzt entdeckte ich die Vorzüge von Überstunden. In meinem Büro war ich allein. Stundenlang. Den ganzen Tag.

Morgens setzte ich mich leise an den Wohnzimmertisch und aß geräuschlos mein Frühstück. Er schlief dann immer noch, auf dem Sofa, das wir zum Doppelbett ausgeklappt hatten, keine zwei Meter von mir entfernt. Ich schlich mich auf leisen Sohlen aus der Wohnung, um ihn bloß nicht zu wecken.

Abends, wenn ich zurückkam, guckte er meistens Stellenangebote durch und wartete darauf, dass ich ihm bei den Bewerbungen half. Ich hatte auch nichts dagegen. So hatten wir wenigstens etwas zu reden. Und außerdem wollte ich natürlich, dass er möglichst schnell einen Job fand.

Eine Woche nach dem Test hatte ich einen Termin bei Pro Familia. Natürlich auch heimlich. Die Frau war Mitte fünfzig und strahlte eine milde Weisheit aus. Sie merkte sofort, dass ich nicht wusste, was ich sollte. Darauf sind sie ja trainiert, diese Leute, sie klopfen einen ab wie eine Wand, um die Schwachstellen zu erspüren, wo sie durchbrechen können.

»Ich weiß«, sagte sie mit sanfter Stimme, »Sie haben Angst, dass Ihr Leben jetzt vorbei ist und Sie nie mehr wieder auch nur einen Schritt alleine werden machen können. Nicht wahr?«

Ich nickte und fing an zu heulen. Meine eigenen Gedanken, von dieser Frau ausgesprochen, ließen alle Dämme der Selbstbeherrschung brechen. Es war mir auch nicht mal peinlich. Wo sollte ich denn heulen, wenn nicht hier und jetzt. Sie sah sich das einfach an und reichte mir ein Taschentuch.

»Diese Ängste sind ganz normal«, fuhr sie fort, als die erste Sturzflut versickert war. »Sehr viele Frauen haben sie. Ich hatte sie damals auch. Aber ich sage Ihnen was.« Sie lächelte strahlend. »Kinder werden groß. Schneller als man denkt. Und dann wünscht man, es wäre nicht ganz so schnell gegangen.«

Den würgenden Paniksog, von dem ich erfasst war, hatte die gute Frau schon sehr treffend beschrieben. Nur in einem Punkt irrte sie. Es war nicht das Kind, das nie mehr loszuwerden ich befürchtete. Sondern Arne.

Am selben Abend rückte ich mit der Sprache raus. Es musste sein; irgendwann hätte selbst Arne was gemerkt. Und außerdem war es mir zu blöd geworden, auf seine Frage hin, ob wir »Vorkehrungen treffen« müssten, den Kalender zu zücken und so zu tun, als zählte ich.

Er schien sich wirklich zu freuen; oder vielleicht war er auch nur zufrieden mit sich selbst. »Ich werde ein guter Vater sein«, das war das erste, was er sagte. »Um mit Verantwortung umzugehen, bin ich genau der Richtige.«

Zwei Wochen später machte er mir einen Heiratsantrag.

»Er hat doch alles getan«, beharrt Gianna und zuckt ratlos die Schultern. »Was eine Frau sich nur wünschen kann. Sogar heiraten wollte er dich doch.«

»Ich hätte darauf verzichten können«, entgegne ich. Und dann sage ich nichts mehr. Alles, was ich sagen könnte, wäre unfair Arne gegenüber.

Sie starrt mich an, als gehörte ich zu einer anderen Spezies.

Ich sagte tatsächlich ja. Nicht »Lass mich darüber nachdenken« oder »Hältst du das für eine gute Idee«. Sondern »ja«. Warum, weiß ich nicht mehr. Vielleicht wollte ich einfach die langen, zermürbenden Diskussionen vermeiden, die es gegeben hätte, wenn ich etwas anderes als »ja« gesagt hätte. Vielleicht wollte ich auch einen Moment lang daran glauben, dass durch einen verwaltungstechnischen Akt noch alles gut werden würde. Wahrscheinlicher aber ist, dass ich die Idee mit dem Heiraten schlicht für eine weitere seiner kindsköpfigen Flausen hielt.

Als ich vier oder fünf war, hatte ich einen Verehrer, den Nachbarsjungen von nebenan. Eigentlich hatten wir nur ein einziges Spiel: edler Ritter und schöne Dame. Der edle Ritter (er) hatte immer dieselbe Mission, nämlich, die schöne Dame (mich) aus der von Feinden umlagerten Burg zu befreien. Wenn ihm das gelang, hatte er das Recht auf einen Kuss von der schönen Dame. Dazu führte er mich hinter das Haus, ins Gebüsch, wo wir vor eventuellen neugierigen Mieterblicken geschützt waren, und küsste mich, lang und sehr feucht, wie er es im Fernsehen gesehen hatte. An diesen Verehrer musste ich denken, als Arne mir den Antrag machte, mit einer schülerhaften Ernsthaftigkeit, die mich zum Lachen reizte. Das Ganze war ein Spiel. Das Willst-du-mich-heiraten-Spiel. Mein »Ja« bedeutete nicht mehr als die nassen Kinderküsse damals hinter den Brombeersträuchern. Und irgendwann würden wir beide zum Abendbrot nach Hause müssen und das Spiel wäre vorbei.

Es überraschte mich beinahe, festzustellen, dass Arne die Sache offensichtlich doch ganz anders sah. Nach weiteren zwei Wochen wollte er abends mal keine Bewerbungen schreiben. Sondern über die Hochzeitsfeier sprechen.

»Hochzeitsfeier?« Ich sah ihn irritiert an.

»Wir heiraten«, erinnerte er mich stirnrunzelnd. »Hast du dich übrigens schon um die Papiere gekümmert?«

»Alles in die Wege geleitet.« Das immerhin konnte ich guten Gewissens sagen. Denn ich hatte tatsächlich meinen Vater gebeten, mir die Papiere beim zuständigen Amt zu besorgen, weil ich tagsüber so schlecht aus der Firma wegkam. Allerdings erst vorgestern. Fast vier Wochen nach dem Heiratsantrag also. Ich hielt es für besser, das für mich zu behalten. Und was Arne auch nicht wissen musste, war, dass mein Vater, der sich noch nie zu irgendeiner meiner Privatangelegenheiten geäußert hatte (selbst dann nicht, wenn ich ihn schon beinahe flehend dazu aufgefordert hatte), mir bei dieser Gelegenheit mitgeteilt hatte, dass er die Heirat für einen Fehler halte, er mir die Papiere aber selbstverständlich trotzdem besorgen werde.

»Und was meinst du, wann sind die Papiere da?«

»Warum ist das so wichtig? Haben wir es eilig?«

»Na ja … Meine Eltern wollen gerne den Hochzeitstermin wissen. Weil sie doch die Location reservieren müssen.«

Ich saß mit einem Ruck kerzengerade. »Deine Eltern müssen was?«

»Sie haben die Location für die Feier gefunden, sagte ich das nicht? Die ist sehr beliebt bei Brautpaaren. Auf Monate ausgebucht. Wenn wir noch heiraten wollen, bevor das Kind kommt, müssen wir bald reservieren. Ach ja, und die Gäste, die müssen auch rechtzeitig vorher eingeladen werden. Manche kommen ja von weiter weg.«

Ich hätte fast auf den Tisch gehauen. Er bemerkte meinen wilden Gesichtsausdruck und duckte sich unwillkürlich.

»Sag mal, spinnst du?« Ich musste die Worte herausquetschen, so angeschwollen vor Wut war meine Kehle. »Location? Gäste? Werde ich da vielleicht auch noch mal gefragt?«

»Aber was solltest du denn dagegen haben? Du kannst doch froh sein, dass meine Eltern sich um alles kümmern.«

»Was ich dagegen haben sollte? Verdammt noch mal.« Jetzt haute ich wirklich, aber sehr vorsichtig, weil die Tischplatte aus Glas war. »Ich will keine Hochzeitsfeier. Ich will auch keine Gäste. Jedenfalls keine, die deine Eltern ausgesucht haben.«

»Das ist es nämlich nur!«, schoss er zurück. »Deine Trotzhaltung mal wieder. Es ist nun mal so, wenn man heiratet, heiratet man die ganze Familie mit. Und das wäre eine gute Gelegenheit, die alle mal kennen zu lernen.«

»Die alle mal?« Allmählich dämmerte mir, was er damit meinen könnte. »Jetzt sag nicht, die ganze sizilianische Sippe rückt an. Wie oft hast du die gesehen in deinem Leben? Bedeuten sie dir so viel?«

»Das ist meine Familie.« Sein Ton wurde jetzt schneidend. »Und wenn du mich heiratest, auch deine.«

Nur ein kurzer Wortwechsel war nötig gewesen, um uns zu erbitterten Feinden zu machen. Keiner von uns würde jetzt auch nur noch einen Fußbreit weichen. In Frage kam nur noch die bedingungslose Kapitulation. Und ich war in der stärkeren Position.

»Gut«, sagte ich und warf als Zeichen meiner Kompromissunwilligkeit den Kopf in den Nacken. »Dann also keine Hochzeit. Und basta.«

Von dieser Granate musste er sich erst einmal erholen. Das dauerte eine Weile.

»Und wenn ich anderswo einen Job finden würde«, sagte er schließlich, »würdest du dann mitkommen?«

Ich schüttelte den Kopf. »Schon wegen meiner festen Stelle hier nicht.«

Er nickte, als hätte er nichts anderes erwartet. »Alles klar«, sagte er. »Schon deswegen nicht.«

Ich versuche noch einmal, es zu erklären.

»Ich mag es nicht, übergangen zu werden, wenn es um meine eigene Hochzeit geht«, sage ich zu Gianna. »Das war eine Sache zwischen Arne und mir. Und niemandem sonst.«

»Ach was«, fährt Arne dazwischen. »Du wolltest doch sowieso von Anfang an nicht. Das war doch nur ein Vorwand für dich.«

»Da magst du Recht haben«, sage ich. »Aber was spielt das jetzt noch für eine Rolle?«

Gianna missversteht mich. »Genau, Heiraten, das ist doch heutzutage gar nicht mehr so wichtig!«, ruft sie. »Das könnt ihr doch immer noch.«

Für Arne lief es nicht gut, zugegebenermaßen. Da kehrte er aus dem einsamen Exil zurück, in das er sich damals ja aus reiner Not, nicht etwa aus Überzeugung, begeben hatte, voller Hoffnung auf einen warmen Heimkehrerempfang. Meine Schwangerschaft musste ihm wie ein Fingerzeig des Himmels vorgekommen sein. Die Marschroute ins ganz normale Leben hatte sich schon so klar vor ihm abgezeichnet. Heirat, den Papa spielen, gemeinsame Wohnung, ein gemütlicher Job in der Nähe, der Familienhort als Schutz gegen all die Unbilden und Härten der Welt da draußen. Da musste was dran sein. So machten sie es schließlich alle.

Und was machte ich? Jagte ihn, den Abgekämpften, erbarmungslos wieder hinaus an die Jobfront, nach einem Heimaturlaub, der kaum länger gedauert hatte, als er zum Ausschlafen und Kofferauspacken brauchte. Ach ja, und zum Kindmachen, natürlich. Anstatt dankbar zu sein, dass er seine internationalen Karrieremöglichkeiten opferte und in meiner geografischen Nähe bleiben wollte, um für mich und das Baby da zu sein, schickte ich ihn wieder ins Feld. Ich will und brauche dich hier nicht, das stand auf seinem Marschbefehl. Geh und kämpf für dich selbst.

Natürlich hatte ich ein schlechtes Gewissen. Aber ich hatte auch die perfekte Ausrede. Das Kind brauchte ein Zuhause. Stabilität. Beständigkeit. Das sah jeder ein. Sogar Arnes Mutter leistete mir unbewusst Schützenhilfe.

»Sieh erstmal zu, dass du eine gute Arbeit kriegst«, redete sie auf ihn ein. »Von der du auch eine Familie ernähren kannst. Dann kann Cäcilia doch nachkommen.«

Und ich, ich lächelte falsch und nickte.

Zu Beginn des neuen Jahres fand Arne tatsächlich einen Job. In Zürich. Es war auch höchste Zeit. Wie wir es bis dahin miteinander auf so engem Raum ausgehalten hatten, ohne uns an die Gurgel zu springen, weiß ich nicht. Wohl nur, weil wir beide sehr, sehr oft nicht da waren.

Ich suchte mir sofort eine neue Wohnung und zog um, dicker Bauch hin oder her. Größer war sie, mit zwei Zimmern. Eins für mich und eins für das Baby. Und natürlich war sie viel weiter weg von Arnes Eltern. Die ganze Stadt hatte ich zwischen sie und mich gelegt. Mit dem Bus brauchte man anderthalb Stunden von ihnen zu mir und musste zweimal umsteigen. Dafür wohnten meine

Eltern jetzt nur noch ein paar Straßen entfernt. Ich war selbst ein bisschen erstaunt, dass ich dieses Kriterium bei der Wohnungssuche berücksichtigt hatte. Aber in Zeiten wie diesen war es wohl nur normal, näher an die eigene Herde heranzurücken.

Sobald Arne weg war, vermisste ich ihn. Nicht besonders stark; aber doch so, dass ich ab und zu dachte, es wäre nett, wenn er jetzt da wäre. So ist das ja wohl bei Paaren, die an sich keine sind. Wenn der andere nicht da ist, ist er eigentlich ganz okay. Aber auch nur dann. Ich rief ihn oft an und erzählte ihm die letzten Schwangerschaftsnews. Gewichtszunahme, Ausbuchtungen von Fußtritten in meiner Bauchdecke, fiese Rückenschmerzen. Es gehörte sich so, dass ich ihm solche Sachen mitteilte, nahm ich an. Ob es ihn interessierte, wusste ich nicht; viel mehr als höflich jaja sagen tat er nicht. Das war mir aber egal. Niemand sollte mir vorwerfen können, dass ich ihn nicht teilhaben ließ.

Anfang April kam Arne für die Ostertage aus Zürich zurück.

»Schön«, sagte er, als er meine neue Wohnung inspiziert hatte. »Für den Übergang genau richtig. Aber von meinen Eltern aus ja doch recht umständlich mit öffentlichen Verkehrsmitteln zu erreichen.«

Ich tat ahnungslos. »Wirklich? Mit dem Auto sind sie doch im Nullkommanichts hier.«

»Meine Mutter hat aber keinen Führerschein«, sagte er.

»Wusste ich nicht.« Ich schaute ihm gerade in die Augen. »Auf jeden Fall komme ich von hier aus viel schneller zur Arbeit.«

Den Ostermontag verbrachten wir brav mit seinen Eltern und Karina, seiner Schwester, die noch zu Hause wohnte. Ich – oder wohl eher: mein wassermelonenartig angewachsener Bauch – stand im Mittelpunkt der Aufmerksamkeit. Gianna sprang um mich herum und las mir jeden Wunsch von den Augen ab, fragte mich ständig, ob ich noch etwas essen oder trinken wollte, schob mir Kissen in den Rücken und mahnte Arne, mir auch ja hochzuhelfen, wenn ich mal wieder aufs Klo musste. Ich fühlte mich inzwischen doch schon so, als könnte ich jede Minute aus allen

Nähten platzen, und war dankbar dafür, umsorgt zu werden und die Füße hochlegen zu können. Ich war ein bisschen sentimental und hielt sogar Händchen mit Arne. Alle strahlten. Vielleicht waren sie doch nicht so verkehrt, dachte ich an diesem Ostermontag. Andere Frauen gewöhnten sich ja schließlich auch an ihre Schwiegermütter.

»Habt ihr schon einen Namen?«, wollte Gianna wissen.

»Julian«, sagte ich. Es würde ein Junge werden.

»Giuliano!« Gianna schlug die Hände zusammen. »Was für ein schöner Name.«

Sie war außer sich vor Begeisterung. Das tat schon gut.

»Wir haben einen Kinderwagen für Giuliano gekauft«, platzte sie heraus. Ihr Gesicht glühte vor Eifer. »Und eine Wiege.«

Alle sahen mich erwartungsvoll an.

»Danke«, sagte ich. »Das ist sehr lieb.«

»Und übrigens«, sagte Wolfgang, »wir sind Wolfgang und Gianna.«

Es wird Zeit, Gianna von ihrem Irrtum, dass es sich bei Arne und mir um eine vorübergehende Verstimmung handelt, zu befreien.

»Nein«, sage ich. »Das können wir nicht mehr. Es ist aus. Begreif es doch.«

Sie versteht allmählich. Ich weiß, jetzt wird sie anfangen, die Fassung zu verlieren. Erst jammern und dann schreien. Ich mache mich darauf gefasst.

Da geht es auch schon los. Das Gejammer.

»Aber warum nur, warum?«, heult sie.

Am Dienstagmorgen platzte die Fruchtblase. Arne fuhr mich ins Krankenhaus. Am frühen Mittwochnachmittag kam Julian per Kaiserschnitt. Einen Monat zu früh.

Er schwächelte arg. Anpassungsschwierigkeiten, hieß es. Ich hörte ihn nur einmal kläglich quaken, dann wurde er gleich auf die Intensivstation gebracht. Ich bekam ihn nicht zu sehen. Arne begleitete mich noch, als ich auf mein Zimmer gefahren wurde, und ging dann nach ihm schauen.

»Und?«, fragte ich, als er zurückkam.

»Ganz der Vater, meint die Schwester«, sagte Arne zufrieden. Er hielt mir ein Polaroid vor die Nase, aufgenommen um dreizehn Uhr elf, direkt nach dem Eintritt Julians in diese Welt. Das Gesicht des Babys auf dem Foto war krebsrot und vom Brüllen verzerrt, der Bauch blutig verschmiert, und die Nabelschnur ringelte sich darauf wie ein dem Körper ausgelagertes Stück Darm.

»Also er ist okay?«, fragte ich.

»Jaja, alles dran«, versicherte Arne. Das reichte mir für den Augenblick vollkommen. Mein Kind war okay. Ich versank beruhigt wieder im postnatalen Seligkeitsdelirium.

Tags darauf fuhr mich eine Schwester im Rollstuhl zu Julian. Er war wie ein winziges, zu früh aus dem Ei gekrochenes Vögelchen. Er war faltig, als sei seine Haut zu groß für seinen Körper, von Babyspeck keine Spur. Aber er hatte feine, ganz klar definierte Gesichtszüge und fluffiges, schwarzes Haar, das seinen Kopf wie eine Kokosnuss aussehen ließ. Das Bündelchen Mensch maunzte, als ich es vorsichtig aufnahm. Dünne, zartknochige Fingerchen rollten sich mit erstaunlich festem Griff um meinen Zeigefinger. Mein Herz ging ganz weit auf, und ich war so erleichtert, dass ich weinen musste. Er gehörte zu mir, dieser kleine Kerl. Da gab es keinen Zweifel mehr, nicht den geringsten. Und dabei hatte ich solche Angst gehabt, dass sich bei mir gar nichts rühren würde.

Natürlich hatte ich zu niemandem etwas darüber gesagt. Alle schienen es so normal zu finden, dass man sein eigenes Kind schon liebte, obwohl man es noch gar nicht gesehen hatte. Ich fand die Vorstellung von Blind Dates schon beängstigend. Und bei denen konnte man sich bei Nichtgefallen wenigstens schnell wieder verdrücken.

Zum Glück hatte meine Mutter Recht behalten.

»Süß, diese Sachen, nicht«, hatte ich gesagt und einen blaugestreiften Frotteestrampler mit Eisbären hochgehalten, als wir zusammen Babykleidung einkaufen waren.

»Und was meinst du, wie süß erst das ist, was da später drinstecken wird«, hatte sie lächelnd gesagt. Da musste ich mich schnell abwenden, damit sie mein Gesicht nicht sah.

Aber nun war alles gut. Ich mochte mein eigenes Kind. Ich war normal. Hurra.

»Warum hat er diesen Schlauch im Kopf?«, fragte ich die Schwester.

»Der ernährt ihn. Wir können ihn noch nicht füttern, er ist zu schwach«, sagte sie. »Keine Sorge. Sieht schlimmer aus, als es ist.« Sie fügte hinzu: »Ach ja, und er hat Gelbsucht. Das kommt bei Neugeborenen aber häufiger vor.«

Am nächsten Morgen gegen halb neun ruhten Julian und ich in inniger Känguru-Harmonie auf der Liege, als Arne auftauchte.

»Sie kommen vorbei«, sagte er. »Meine Eltern und Karina. Sie wollen Julian sehen.«

»Wann?«, fragte ich.

»Sie sind schon unterwegs. So in einer Viertelstunde sind sie da.«

»Das geht nicht«, sagte ich.

»Wie, das geht nicht?« Er runzelte die Stirn.

»Vormittags ist keine Besuchszeit auf der Intensivstation.«

»Na und?« Er sah mich tadelnd an. »Die werden hier schon reinkommen.«

»Ich hoffe nicht«, sagte ich. »Regeln sind dazu da, um eingehalten zu werden.«

»Regeln sind dazu da, um eingehalten zu werden«, äffte er mich nach. »Das interessiert meine Mutter doch nicht. Die ist Sizilianerin.«

»Und? Gelten auf Säuglingsintensivstationen in Sizilien keine verbindlichen Besuchszeiten?«

»Meine Mutter steht öfter mal einfach so vor der Tür, wenn es ihr in den Kopf kommt«, sagte Arne. Es klang wie eine Drohung. »So ist die Kultur da. Du wirst dich daran gewöhnen müssen.«

»Bei mir kommt sie nicht rein«, sagte ich grimmig. »Falls du darauf anspielst. Ich lass sie vor der Tür stehen. Eiskalt.«

»Wie auch immer.« Seine Kiefer waren fest zusammengepresst. »Meine Mutter will Julian sehen. Jetzt gleich. Ich warte vor der Station auf sie. Kommst du auch?«

Ich blieb noch etwa zehn Minuten auf der Liege, bewegungslos; so ungefähr musste einer durchgeschüttelten Sektflasche zumute sein, deren Korken man bloß antippen musste, damit er herausgeschossen kam. Als ich meinte, den akuten Explosionsdrang beherrschen zu können, rappelte ich mich hoch, unvorsichtig schnell, wobei der frische Bauchschnitt hässlich schmerzte, und legte Julian in den Wärmeschrank. Ich wollte auf jeden Fall rechtzeitig verschwinden. Nur für den Fall, dass es den Invasoren doch gelingen sollte, die Verteidigungslinie zu durchbrechen.

Als ich in meinem Rollstuhl um die Kurve Richtung Stationsausgang bog, war die Belagerung in vollem Gang. Gianna stand vor der sich ständig öffnenden und schließenden Automatiktür, draußen, und zeterte. Wolfgang stand neben ihr, sah sorgenvoll aus und tätschelte ihr den Arm. Karina hielt sich ein paar Schritte hinter den beiden und schaute hartnäckig vor sich auf den Boden. Auf der anderen Seite, drinnen, standen Arne im weißen Besucherkittel und ein Arzt, der auf Gianna einredete. Ich beobachtete die Szene aus sicherem Abstand. Der Arzt ließ sich nicht erweichen, weder durch Giannas Geplärr noch durch Wolfgangs Versuche, das Ganze auf die joviale »Jetzt haben Sie sich doch mal nicht so«-Tour zu regeln. Sie mussten alle drei abziehen. In mir gluckste es vor Schadenfreude.

Arne schritt an mir vorbei, ohne mich eines Blickes zu würdigen. Ich rollte hinter ihm her. Er nahm Julian aus dem Wärmeschrank und ging mit ihm zu einem der bis auf den Boden reichenden Fenster. Dort zog er einen Stuhl heran und setzte sich mit Julian auf dem Schoß davor, wie auf den Präsentierteller. Ich begriff nicht gleich, was er da machte, bis ich seine Eltern und Karina bemerkte. Die hatten sich um das Krankenhaus herumgeschlichen, bis zur Säuglingsintensivstation, die praktischerweise zu ebener Erde lag, und vor dem Fenster Stellung bezogen. Wolfgang zückte eine Kamera und richtete sie auf Julian. Gianna verzog das Gesicht zu Grinsegrimassen und streckte die Zunge heraus. Karina fuchtelte mit einer Stoffgiraffe. Arne legte sich Julian auf den Arm und trat noch näher ans Fenster heran. Wolfgang schoss drauflos wie ein Paparazzo, dem es endlich gelungen ist, den neugeborenen König von England als allererster vor die Linse zu kriegen.

»Nun lass doch mal gut sein«, mischte ich mich nach ein paar Minuten ein.

»Warum denn?«

»Du findest diesen Auftritt also nicht peinlich?«

Arne reckte Julian vorsichtig ein wenig hoch, wie eine Puppe. Eine schlaffe, untergewichtige Babypuppe mit dunkelgelbem Gesicht und einem Infusionsschlauch im Kopf. Noch einmal zielte Wolfgang mit der Kamera auf ihn. Dann trollten sie sich endlich.

»Es ist ihr Enkelkind«, sagte Arne und bettete Julian behutsam wieder in den Wärmeschrank. Damit hatte er natürlich Recht. Aber er hätte mir diesen Satz nicht reinwürgen müssen wie einen Löffel dicken, pappigen Brei.

»Und deswegen findest du es in Ordnung, dass sie sich hier wie die Affen im Zoo aufführen?«

»Warum bist du eigentlich so aggressiv?«, fragte Arne. »Ich glaube, du bist bloß eifersüchtig. Weil meine Eltern sich kümmern. Und deine nicht.«

»Was soll das heißen, sie kümmern sich nicht?«

»Ich habe sie hier noch nie zu sehen bekommen.«

»Julian ist noch nicht mal zwei Tage alt. Meine Eltern wollten abwarten, bis wir beide fitter sind. Heute Nachmittag kommen sie vorbei.« Das stimmte nur zur Hälfte. Mein Vater würde nicht kommen. Er hasste Krankenhäuser und konnte mit Babys nichts anfangen. »Und außerdem«, trat ich nach, »halten sie sich an die Besuchszeiten.«

»Bei euch in der Familie ist alles so eng«, sage ich. »Ich bin es nicht gewohnt, diese ständige …«

174

Einmischerei, habe ich sagen wollen. Ich halte das Wort zurück. Noch möchte ich taktvoll sein. Mir fällt aber kein anderes ein. Deswegen lasse ich den angefangenen Satz einfach so in der Luft hängen.

»Aber eine Zeitlang bist du doch gerne zu uns gekommen«, wirft Gianna verstört ein. »Oder nicht?«

Nach einer Woche durfte ich mit Julian nach Hause. Arnes Urlaub war zu Ende. Er flog zurück nach Zürich.

Zwei Wochen später rief Gianna mich an. Ob ich sie nicht einmal mit Giuliano besuchen kommen wolle. Arne habe ihr erzählt, dass der Kleine so viel schreie und alle zwei Stunden gestillt werden müsse. Vielleicht sei ich froh, mal etwas Ruhe zu bekommen.

Ich zögerte. »Ist gut«, sagte ich dann.

»Was zieht dich denn nun da hin?«, wollte meine Mutter wissen, als ich ihr von dem Besuch erzählte.

»Sie ist Julians Oma«, sagte ich. »Er soll später nicht sagen, ich hätte ihn von ihr ferngehalten.«

In den kommenden drei Monaten wurde aus diesem einmaligen Nachmittagsbesuch ganz unerwartet eine feste Einrichtung. Am Donnerstagvormittag machte ich mich mit Julian auf den Weg. Wir wurden schon zum Mittagessen erwartet. Beim zweiten Mal blieb ich zum Kaffee. Irgendwann später dann auch noch zum Abendbrot.

Ob ich gerne hinfuhr? So hätte ich es wahrscheinlich nicht gesagt. Was ich an diesen Besuchen schätzte, war, dass ich überhaupt nichts tun musste. Außer Julian füttern, weil mir das nun mal niemand abnehmen konnte. Um alles andere kümmerte sich Gianna. Wickeln. Umziehen. Spazierenfahren. Bespaßen. Die meiste Zeit über saß ich auf der Terrasse im Garten und döste im Halbschlaf vor mich hin. Das war es, was mein zur wandelnden Hochleistungsmilchfabrik transformierter Körper am dringendsten brauchte.

Es war eine Art Experiment. Ein letzter Versuch, herauszufinden, ob es da einen kleinsten gemeinsamen Nenner gab. Oft reicht es ja, einen Menschen besser kennen zu lernen, dann ruckelt sich das zurecht, einigermaßen jedenfalls. Aber bei uns knirschte es schon gewaltig. Es war mehr als nur ein bisschen Sand im Getriebe. Bei uns standen die Zahnräder aufeinander. Viel Spiel war da nicht.

Dabei zeigten wir beide guten Willen. Ich fing zum Beispiel an, Italienisch zu lernen. Nach ein paar Wochen ließ ich die ersten zaghaften Bröckchen fallen. Auf einem Spaziergang, bei dem wir uns ein Eis von einer Gelateria geholt hatten, hielt ich den Anlass für gekommen. Ich fragte Gianna in sorgsam zurechtgelegten italienischen Worten, wie ihr das Eis schmecke.

Italienisches Eis sei das beste auf der Welt, da könne man hingehen, wo man wolle, antwortete Gianna, auf Deutsch. Nur noch ein Eis gebe es, das das italienische übertreffe: ihr eigenes, selbstgemachtes.

»Das wir letzte Woche zum Nachtisch hatten, erinnerst du dich?«, fragte sie.

»Nein«, sagte ich, noch einmal auf Italienisch. »Ich erinnere mich nicht.«

»Ich mache es aus Jogurt und frischen Beeren. Himbeeren, Erdbeeren, Blaubeeren, Johannisbeeren.« Ich erinnerte mich nicht an das Eis. Eis war nicht wichtig für mich, ich aß es, und gut. Und sie sprach Deutsch, immer noch, schon wieder, als sie mir jetzt das Rezept erklärte, in allen Einzelheiten. Sprache war nicht wichtig für sie. Sie sprach sie, und gut.

Das Italienischlehrbuch verschenkte ich gleich nach diesem Besuch. Ich mochte Italienisch eigentlich auch gar nicht besonders. Und das Reden stellte ich danach weitgehend ein. Schließlich redete sie selbst ja sowieso genug. Genug für uns alle drei.

Ich versuchte, es wie Wolfgang und Karina zu machen. Die saßen da, schwiegen, so beharrlich, als würden sie nie wieder auch nur ein Wort sagen, und warteten, warteten einfach, darauf, dass Giannas Wortschwall verebbte. Ihre Minen waren ausdruckslos; sie ließen ihre Wut einfach ins Leere laufen, wie wild angestürmt kommende Wogen, denen man keinen Widerstand entgegensetzte, damit sie sich irgendwann am Strand von selber totrollten.

Und Gianna war voller Wut. Sie brach aus ihr heraus, in endlosen Monologen, deren Anklage sich gegen niemanden im Besonderen richtete. Vielleicht lag gerade darin ihre Pein: Dass es kein konkretes Objekt gab, an dem ihre Wut sich hätte austoben können.

Manchmal genügte ein einziges unschuldiges, gedankenlos dahingesagtes Wort, um sie heraufzubeschwören. Die Erfahrung machte ich schon bald genug selbst.

»Natürlich«, hatte ich arglos geantwortet, als sie mich beim Mittagessen fragte, ob ich wieder arbeiten gehen würde. »Ich habe für Julian schon einen Kitaplatz. Wenn er ein Jahr alt ist, gehe ich zurück in den Job.«

Gianna war im Begriff gewesen, mir selbstgemachte Tomatensoße auf die selbstgemachten Spagetti zu gießen. Ihre Hand mit der Soßenkelle blieb in der Luft schweben.

»Mit einem Jahr soll er in die Krippe?« Die Soße tropfte auf das bestickte Tischtuch. »Da ist er doch noch viel zu klein für!«

Wolfgang sprang auf und eilte in die Küche, um einen feuchten Lappen zu holen. Er wischte umständlich an dem Soßenfleck herum.

»Lass das«, herrschte Gianna ihn an. »Dadurch wird es doch nur noch schlimmer.« Wolfgang brachte den Lappen brav wieder in die Küche, setzte sich zurück an den Esstisch und begann, seine Finger zu kneten.

Giannas Zorn kam über uns wie eines dieser rundumschlagartigen Unwetter, die sich binnen Sekunden am Horizont zusammenbrauen und einen ganz unvorbereitet überraschen. Oft gibt es solche Unwetter nicht; vielleicht alle paar Jahre mal. Aber dann entlädt sich auch alles, was sich in Jahren zusammengeballt hat, auf einmal. Und man denkt, die Welt geht unter.

Alles, was sie gewollt habe, war Familie, prasselte es auf uns nieder. Schon immer. Schon damals, als sie elf Jahre alt war und sich in den blonden, schlanken, sportlichen Jungen aus Deutschland verliebt hatte, der mit seinen Eltern im Urlaub auf Sizilien war. Danach war er jedes Jahr wiedergekommen, nur im Sommer hatten sie sich gesehen, und dann, als sie achtzehn war und die Schule abgeschlossen hatte, habe sie eine große Entscheidung treffen müssen. Achtzehn Jahre. Und Deutsch habe sie kaum gekonnt. Aber sie habe ihren Traum gehabt. Dafür habe sie sogar ihre geliebte Heimat hinter sich gelassen und sei ins Ungewisse aufgebrochen. Nach Deutschland. Mit seinem scheußlichen Wetter und seinen kalten, abweisenden Menschen. Für eine Kinderliebe. Und sie habe Wolfgang damals gleich gesagt, Kinder wolle sie, möglichst früh, sie wolle nicht noch fünfzehn Jahre warten, wie so viele Frauen in Deutschland. Da, wo sie herkomme, werde man mit zwanzig Mutter, nicht mit vierzig. Das sei ihre Bedingung gewesen. Wenn er das nicht gewollt hätte, wäre aus der ganzen Sache nichts geworden.

Ein kurzes Luftschnappen, und die nächste Tirade fegte über uns hinweg. Karriere habe für sie nie eine Rolle gespielt. Ein bisschen gearbeitet habe sie ja schon, am Anfang, hauptsächlich, um die Sprache zu lernen und nicht allein zu Hause zu sitzen, wenn Wolfgang beim Studieren war. Aber damit war sofort Schluss, als Arne unterwegs war. Und sie habe ein Berufsleben nie vermisst. Der Haushalt, das sei genug Arbeit, das ende nie, und wer wisse die ganze Plackerei denn schon zu schätzen? Alleine die Spagetti. Keiner sage mal ein Wort des Lobes, sie rackere sich ab, gegessen würden sie, weil sie halt auf dem Tisch standen, und gut. Es könnten genauso gut die vom Aldi sein. Und die Soße aus dem Glas, mit all dem ungesunden, künstlichen Mist darin. Wahrscheinlich würde niemand den Unterschied schmecken. Sie schnaubte verächtlich. Und trotzdem, die Familie verdiene nur das Beste. Ihr Bestes. Es sei ihr unerfindlich, wie manche Frauen ihre Kinder fremdbetreuen lassen könnten, um arbeiten zu gehen. Warum hätten sie dann überhaupt Kinder? Fremdbetreuen, allein das Wort schon, das sage doch alles. Und nun müsse sie mit ansehen, wie ihr Enkel mit einem Jahr in die Krippe abgeschoben würde. Ob ich denn nicht warten könne, bis Arne genug Geld verdiene, um Julian und mich zu ernähren? Ein Kind bedeute nun einmal gewisse Opfer. Warum die jungen Frauen von heute die denn nicht mehr bringen wollten, ob sie zu egoistisch seien? Und was denn eigentlich Arne dazu sage?

An dieser Stelle gab ich es auf, weiter nach dem Schalter für den Durchzug zu suchen. Ich scheine keinen zu haben, so sehr ich es mir auch manchmal wünsche.

»Arne hat dazu gar nichts zu sagen«, schleuderte ich ihr einen Blitzstrahl vor die Füße. »Aus mir wird kein Heimchen am Herd. Schön für dich, dass du damit so zufrieden bist. Wenn du es denn tatsächlich bist.«

Die letzten sechs Wörtchen waren mir herausgerutscht, wie ein kleiner, gemeiner, unerwartet lauter Donner, der so hinterhergerumpelt kam. Wolfgang, der neben mir saß, erwachte kurz aus seiner Apathie und zuckte nervös. Karina zog scharf die Luft ein.

»Wenn du es denn tatsächlich bist!« Endlich, sie hatte etwas gefunden, gegen das sie anrasen konnte. Mit nur fünf Wörtern hatte ich mich ins Zentrum des Wutorkans katapultiert. »Ich habe genau das Leben, das ich immer wollte!«

»Dann brauchst du dich ja auch gar nicht so aufzuregen«, sagte ich.

»Du musst meine Mutter nicht so ernst nehmen«, sagte Karina zu mir, als Wolfgang die weinende Gianna nach oben gebracht hatte. Karina studierte Sozialpädagogik und schwebte immer ein wenig über den Dingen. »So viel Anerkennung, wie sie will, kann ihr kein Mensch geben. Wobei niemand von uns je von ihr verlangt hat, dass sie Spagetti selbst macht.« Sie zwinkerte mir zu. »Komm, wir gehen nach oben. Ich muss dir was erzählen. Ich habe jemanden kennen gelernt … Er ist Türke. Darf Mama natürlich nichts von wissen, klar, oder?«

»Versucht es doch noch einmal miteinander«, sagt Gianna und schaut mich mit ihren schwarzen Knopfaugen an. »Für Julian. Er ist doch sonst ganz verloren.«

Ich frage mich, ob sie Angst um ihren Enkel hat. Oder doch eher um ihren Sohn. Von dem sie vielleicht auch befürchtet, dass er ganz verloren sein könnte.

Ich schüttele den Kopf. »Es geht nicht. Und verloren ist Julian nicht. War er in den letzten Monaten ja auch nicht.«

»Was willst du dann überhaupt noch hier?« Jetzt ist es um ihre Beherrschung gleich ganz geschehen. Hier geschieht etwas für sie Unerhörtes. Und sie kann nichts daran ändern. Nicht mit Jammern, Schreien und Zetern.

»Ich will mit euch zusammen überlegen, wie Arne und ihr Julian weiterhin sehen könnt«, sage ich. »Ihr seid doch seine Verwandten.«

»Sind wir das?«, mischt Wolfgang sich wieder ein. »Wirklich?«

»Was soll das heißen?«, frage ich betreten.

»Das soll heißen«, schnappt Gianna, »dass wir uns nicht sicher sind, ob Arne wirklich der Vater von Julian ist. So wie du dich benimmst … Da stimmt doch etwas nicht. So führt sich doch keine normale Frau auf.«

»Ich meine, du hast dein Baby, und Arne ist am Arsch«, fällt Wolfgang gehässig ein. »Ein feiner Plan. Aber wir werden der Sache auf den Grund gehen. Bevor Arne auch nur einen Cent Unterhalt zahlt.«

»Wir wollen einen Vaterschaftstest«, sagt Gianna.

Ich sehe Arne an. »Du hast darauf bestanden, dass Julian deinen Nachnamen bekommt. Und das Sorgerecht wolltest du auch, unbedingt. Und jetzt machst du dabei mit?« Er dreht das Gesicht von mir weg.

»Und du?«, frage ich Karina. »Du bist auch auf ihrer Seite?«

Sie zuckt die Schultern. »Ich kann schon verstehen, dass meine Eltern sich Gedanken machen.«

»Wir brauchen dein Einverständnis«, sagt Arne.

Anfang Juni ging mir allmählich auf, dass Arne Probleme im Job hatte. Es ging eigentlich nur noch darum, ständig. Aber er redete nicht darüber, sondern nur darum herum. Nachhaken half nicht bei Arne, das wusste ich aus Erfahrung. Die Haken verfingen nirgends. Sie griffen wie in Pudding.

Kurz vor Ende seiner Probezeit rückte er schließlich damit raus, dass er nicht sicher sei, ob er übernommen würde. Was das heißen solle, fragte ich nach. Genau das, was er gesagt habe, antwortete er.

»Aber woran liegt das denn?«, fragte ich, nur noch mühsam beherrscht.

»Was weiß ich«, gab er leichthin zurück.

»Du hast dir doch alle Mühe gegeben … Oder etwa nicht? Die Schweiz, das war doch immer dein Traum.«

»Ach weißt du … So toll ist es hier nun auch wieder nicht«, sagte er und dehnte die Worte wie ein Gummiband. »Ich hatte mir mehr davon versprochen.«

»Woran es liegt, will ich wissen.« Wäre er da gewesen, ich hätte ihn am Kragen gepackt und es aus ihm herausgeschüttelt.

»Na ja … Ich bin mit manchen Programmen halt nicht so fit, wie die es sich vorgestellt haben.«

»Und?«

»Was und? Das ist für die jetzt eben der Vorwand, um mich loszuwerden.«

»Und warum hast du dich dann nicht auf deinen Hintern gesetzt und geübt, bis du mit diesen Programmen fit genug bist?« Ich schrie jetzt unkontrolliert in den Hörer.

»Du brauchst gar nicht so zu brüllen«, sagte er säuerlich. »Ich habe mein Bestes getan. Aber irgendwann muss ich auch mal schlafen.«

Anfang Juli kam Arne zurück. Ich holte ihn nicht am Flughafen ab. Er stand einfach bei mir vor der Tür.

»Was ist jetzt?« Ich verbaute ihm mit verschränkten Armen den Weg.

Er zuckte die Schultern. »Wie ich erwartet hatte. Probezeit nicht geschafft. Ich bin freigestellt.« Es schien ihn nicht sonderlich zu stören. »Meine Eltern wissen es noch nicht. Ich sag es ihnen später.«

»Wie, später?« Ich wich keinen Zentimeter zur Seite.

»Ich fliege demnächst noch einmal nach Zürich und hole meine Sachen. Dann könnte ich doch bei dir wohnen, dachte ich. Meine Eltern, die wollen mich nicht bei sich haben, und mein Zeug schon gar nicht … Die in Zürich würden mich ja sogar behalten. Aber eben nur als Zeichner.«

»Nein«, sagte ich.

»Was heißt nein?« Er sah mich verwirrt an.

»Du kannst nicht hier wohnen. Ich habe es satt.«

»Aber du musst das doch verstehen«, beharrte er. »Das ist doch nichts für einen Global Player wie mich!«

Ich machte ihm die Tür vor der Nase zu.

Man tut viele Dinge aus schlechtem Gewissen. Je schlechter das Gewissen, desto dümmere Dinge. Ich habe Arne beim Kaiserschnitt dabei sein lassen. Ich habe das »Du« angenommen, das Arnes Eltern mir angeboten haben. Ich habe mich überreden lassen, Julian Arnes Nachnamen zu geben. Und Arne das Sorgerecht. Nichts davon hatte ich eigentlich gewollt. Mein Gewissen muss sehr schlecht gewesen sein.

Aber dem Vaterschaftstest, dem werde ich nicht zustimmen. Nicht freiwillig jedenfalls. Ein so schlechtes Gewissen kann ich gar nicht haben.

Ich stehe auf, nehme Julian und gehe. Niemand begleitet mich zur Tür. Ich habe den Clan verlassen. Ich komme direkt in die Hölle.

Ich fahre geradewegs zu meinen Eltern, als sei der Leibhaftige schon hinter mir her. Mein Vater öffnet mir die Tür. Als ob er mich erwartet hätte. Erst will er sich wieder verziehen, aber als er mein Gesicht sieht, stutzt er. Man muss es mir wirklich ansehen.

»Na, kommst du auf die freundliche Tour nicht mehr weiter?«, fragt er. Zum Glück, er fragt mich. Wenn ich wirklich in Not bin, fragt er mich dann doch mal.

Ich sage es ihm.

»Bitte folge mir in mein Kabinett«, sagt er. Ich lasse mich auf das grüne Ledersofa gegenüber von seinem Schreibtisch sinken.

»Mir war klar, dass du dich mit diesen Leuten nicht einigen würdest«, sagt er. »Nur gut, dass du diesen Wicht nicht auch noch geheiratet hast.«

Er setzt sich an den Schreibtisch, nimmt das dicke Gesetzbuch aus dem Bücherregal und legt es vor sich hin.

»Die Tour werden wir ihm vermasseln. Gründlich. Immer gemäß dem Motto: Suaviter in modo, fortiter in re.«

Er sieht mich auffordernd an. »Mild in der Form, hart in der Sache«, antworte ich lahm, aber trotzdem für alles dankbar.

»Sehr gut. In diesem Sinne.« Er reibt sich die Hände. »Wollen wir dann?«